너와 나의 최후의
전장, 혹은
세계가 시작되는

the War ends the world /
raises the world

성전

Secret File

2

사자네 케이 지음
한수진 옮김

커버 그림, 본문 일러스트 | **네코나베 아오**

너와 나의 최후의 전장,
혹은 세계가 시작되는 성전
Secret File 2

the War ends the world /
raises the world

So Se lu, Ee yum solin.
갈라진다.

Ee yum arsia Eeo-Ye-ckt kamyu bis xin peqqy.
당신들은 서로에게 상처를 줄 거야. 지금 이 순간을 기억하지 못하고.

Lu Ee nec xedelis. Miqs, lu Ee tis-dia lan Zill qelno.
돌아보지 않아도 돼. 아직은 그저 미래를 향해 똑바로 쭉 걸어가면 돼.

마녀들의 낙원

「네뷸리스 황청」

앨리스리제 루 네뷸리스 9세
Aliceliese Lou Nebulis IX

네뷸리스 황청의 제2왕녀. 가장 유력한 차기 여왕 후보. 얼음을 다루는 최강 성령술사. 제국에서는 「빙화의 마녀」라고 불리는 공포의 대상. 황청 내부의 온갖 음모에 염증을 내고 있으며, 전장에서 만난 적국 검사인 이스카와의 정정당당한 싸움에 설렘을 느낀다.

린 뷔스포즈
Rin Vispose

앨리스의 시종. 흙의 성령 사용자. 가정부 같은 옷 아래에 암기를 숨기고 다니는 유능한 암살자. 평소에 무표정한 편이라서 무슨 생각을 하는지 알기 어려운데, 가슴 크기에는 열등감을 느끼는 듯하다.

시스벨 루 네뷸리스 9세
Sisbell Lou Nebulis IX

네뷸리스 황청의 제3왕녀. 앨리스리제의 여동생. 과거에 일어난 사건을 영상과 음성으로 재생하는 「등불」의 성령을 지녔다. 과거에 제국에 붙잡혔다가 이스카의 도움을 받았다.

일리티아 루 네뷸리스 9세
Elletear Lou Nebulis IX

네뷸리스 황청의 제1왕녀. 주로 외국에 나가서 활동하느라 자주 왕궁을 비운다. 가장 약한 순혈종이라고 평가받는 공주님.

the War ends the world /
raises the world

Secret Fil

ar swords and

기계로 된 이상향

「천제국」

이스카
Iska

제국군 인류 방위기구, 기구 Ⅲ사(師) 제907부대 소속. 과거에 사상 최연소로 제국의 최고 전력 「사도성(使徒聖)」 자리에 올랐지만, 마녀를 탈옥시킨 죄로 그 자격을 박탈당했다. 성령술을 차단하는 흑강의 성검과, 마지막으로 벤 성령술을 딱 한 번 재현하는 백강의 성검을 가지고 있다. 평화를 위해 싸우는 올곧은 소년 검사.

미스미스 클라스
Mismis Klass

제907부대 대장. 얼굴이 엄청나게 앳되어서 청소년처럼 보여도 실은 어엿한 성인 여성. 덜렁이지만 책임감이 강하고, 부하들에게도 신뢰를 받고 있다. 볼텍스에 빠지는 바람에 마녀로 변했다.

진 슐라건
Jhin Syulargun

제907부대 저격수. 귀신같은 저격 솜씨를 자랑한다. 이스카와 같은 스승님 밑에서 동문수학한 질긴 인연의 소유자. 성격은 차갑고 냉소적이지만, 동료를 아끼는 마음은 뜨겁다.

네네 알카스토네
Nene Alkastone

제907부대 기계 기술자. 천재 병기 개발자. 아득히 높은 곳에서 철갑탄을 발사하는 위성 병기를 조종한다. 실은 이스카를 친오빠처럼 잘 따르는 천진난만하고 사랑스러운 소녀.

리샤 인 엠파이어
Risya In Empire

사도성 제5위. 통칭 「만능 천재」. 검은 테 안경을 쓰고 양복을 입은 미녀. 학교 동기인 미스미스를 마음에 들어 한다.

네임리스
Nameless

사도성 서열 제8위. 광학 위장복으로 머리부터 발끝까지 온몸을 가리고, 전자화된 음성으로 이야기하는 남자. 자객 부대 출신. 초인적인 신체능력의 소유자.

the War ends the world / raises the world

Secret File

CONTENTS

File.01

너와 나의 최후의 전장,
혹은
불꽃의 예술가

the War ends the world /
raises the world
Secret File

출처 : 드래곤 매거진 2018년 9월 호

1

"우리 예산이 다 떨어졌다고————?!"

제도 융메룽겐.

세계 최대의 군사 국가 「제국」의 수도에서 여대장 미스미스의 비명이 울려 퍼졌다.

"그, 그게 무슨 소리야, 이스카 군?!"

"쉿. 사령부에 들켰다가는 큰일 날 거예요."

집게손가락을 자기 입술에 대면서 검은 머리 제국 검사——이스카는 "조용히 하세요" 하고 상사를 가만히 달랬다.

이곳은 제국군 회의실.

사령부의 누군가가 언제든지 저 복도를 지나갈 가능성이 있었다.

"그, 그런데, 도대체 왜?!"

머리를 싸쥐는 미스미스 대장.

이래 봬도 스물두 살인 어엿한 성인 여성이지만, 귀여운 동안과 작은 키 때문에 겉모습은 기껏해야 10대 중반의 청소년처럼 보였다.

"이스카 군…… 다시 한번 물어볼게. 정말로 부대의 예산이 바닥난 거야? 이스카 군의 용돈이 떨어진 게 아니라?"

"제 용돈이 왜 떨어져요? 그거 말고, 우리 제907부대의 연간 예산이 다 떨어졌다고요."

"……해마다 사령부에서 1년 치를 한꺼번에 지급해주는 그거?"

"네, 그 예산입니다. 훈련에 필요한 총탄을 구입하고 총을 관리하는 비용, 그 외 비품을 구비하거나 다쳤을 때의 통원 치료비 등등. 그걸 위한 돈이 바닥났어요."

"심각한 사태잖아?!"

네, 그래서 보고한 겁니다.

한숨을 쉬면서 이스카는 책상 위에 쌓여 있는 종이들을 가리켰다.

"뭐, 그것도 당연하잖아요? 이거 보세요. 이…… 산더미 같은 청구서를."

"언제 이렇게 쌓였어?!"

산처럼 높이 쌓여 있는 청구서. 그중 하나를 미스미스가 조심스럽게 집어 들었다.

그리고 구멍이 날 정도로 뚫어지게 들여다봤다.

"……이게 뭐야?"

손에 든 종이에는 미스미스가 처음 보는 청구 내역이 적혀 있었다.

"이거 이스카 군이 주문한 거야?"

"아닙니다."

"저기, 얘들아. 이 데릭 사(社)에서 제조한 『GAX22-최신 개틀링 건』이 뭔지 알아? 이런 대형 병기는 주문한 기억이 없는데……."

"내가 했어."

그렇게 대답한 사람은 은발 저격수 진이었다.

회의실 구석에서 의자에 기대어 앉은 채.

"다음 주에 도착할 예정이다. 돈은 현금으로 일시불이야. 보스, 잘 부탁해."

"저기, 진 군?! 이거 하나가 우리의 3개월 치 예산이거든?!"

"군인이 무기를 구비하는 것은 당연한 일이잖아?"

총의 카탈로그 페이지를 팔락팔락 넘기는 진. 자타 공인 일류 저격수인 그는 항상 최신 총을 체크하는 것이 습관이었다.

"평소에는 늘 절약하니까. 가끔은 괜찮잖아?"

"하, 하지만…… 내가 말하고 싶은 것은 그것뿐만이 아니야!"

미스미스의 손에는 또 고액의 청구서가 들려 있었다.

"여기 이『1채널 공지(空地) 무선 시스템 탑재, 에볼바 사(社) PQ9 전차』. 이것도 진 군이 구매한 거지?!"

"나 아니야."

"뭐? 그럼 누군데?"

미스미스가 방 안을 둘러봤다.

"설마, 이스카 군……."

"저도 아니에요."

"진 군도, 이스카 군도 아니라고? 그렇다면……."

"저요, 저요~! 그건 네네가 주문한 거야!"

방구석──.

덤벨로 근력 운동을 하고 있던 빨간 머리 소녀 네네가 손을 번쩍 들었다.

"네네야, 왜 그랬어?! 이 전차가 반년 치 예산이거든?!"

"아니, 그게~. 엄청나게 인기 많은 최신형이고, 주문도 딱 한 대만 너 받는다고 했는걸."

"아아, 맙소사…… 다들 그렇게 과소비나 하고…….."

미스미스 대장이 살짝 한숨을 쉬었다.

그 와중에 이스카의 눈에 띈 것은 수북한 청구서들의 맨 밑에 깔린 청구서였다. 그 종이들만 부자연스럽게 안쪽으로 쑥 들어가 있었다.

"이 청구서는 뭐죠?"

"앗! 이스카 군, 그건 안 돼!"

"『불고기 풀코스. 회의 비용으로 청구』. 어라? 우리가 언제 이 가게에서 회의했었지? 미스미스 대장님, 이게 뭔지 알아요?"

"으윽?!"

당황하는 대장.

그 옆에서 끼어든 진이 또 다른 고깃집 청구서를 찾아냈다.

"이봐, 어제 날짜의 청구서도 있잖아. 이거 뭐야, 보스?"

"아, 저기…… 아냐, 이건…….."

"보스는 우리 부대의 예산으로 마음껏 고기를 먹으러 다녔다. 어때, 맞지?"

"……이, 이건…… 그러니까…… 배가 고파서…….."

"맞지?"

"아아, 잘못했어요————!!"

범인 발견.

안 그래도 진과 네네의 신형 병기 때문에 예산이 다 죽어가고 있었는데, 미스미스가 연일 먹어댄 고기 비용이 그 숨통을 끊어버린 모양이다.

"다들 내 말 좀 들어봐! 지금 우리가 해야 할 일은 반성이 아니라고 생각해. 과거에 일어난 일은 어쩔 수 없어. 지금은 미래를 생각하면서 부대의 예산을 마련해야 해!"

"아니, 그 전에 반성을 해."

"나한테 좋은 아이디어가 있어!"

진의 지적을 억지로 무시하면서 미스미스가 뭔가를 꺼냈다. 그것은 제국군 알선 아르바이트 정보지였다.

"짠! 자, 우리가 다 함께 아르바이트하면 되는 거야!"

사실 제국 군인은 부업도 가능했다.

튼튼한 군인들의 노동은 훌륭한 사회 공헌이므로 사령부가 장려하고 있었다.

"무거운 짐을 옮기는 이삿짐센터나, 수영장이나 바다에서 활동하는 구조대나. 그 외에도 캠핑장에서 텐트 치는 방법을 가르친다거나. 이거 봐, 이것저것 많아."

"일당이 너무 적어."

진이 아르바이트 정보지를 들여다봤다.

"이 정도로는 보스의 불고기 값도 충당하지 못할 거야. 이스카, 그쪽은 뭐 괜찮은 거 없어?"

"돈을 제일 많이 주는 것은, 어……『다이반의 아틀리에, 조수 대모집』. 이게 제일 고액인 것 같아."

아틀리에란 것은 예술가의 작업장을 뜻한다.

유명한 예술가는 제자를 두기도 하는데, 아르바이트 형태로 사람을 모집하는 것은 드문 일이었다.

"뭐 어때, 좋잖아? 바로 이거야, 이스카 군!"

미스미스가 흥분한 말투로 말했다.

"일당이 눈에 띄게 많으니까!"

"하지만 아틀리에의 조수잖아요? 우리 같은 문외한이 이런 일을 해도 될지……."

"아~ 괜찮아, 괜찮아~. 어차피 우리는 일거리를 고를 여유 따위는 없는걸. 이 청구서만큼의 돈을 벌어야 하니까!"

"거기서 대장님이 먹은 고깃값이 상당한 비중을 차지하고 있다는 점에 관해서는……."

"다들 휴일에는 스케줄 비워놔!"

그렇게 여대장은 아르바이트 정보지를 꽉 쥐고 힘차게 선언했다.

2

17

제도 제2지구.

주택가와 번화가가 붙어 있는 그 드넓은 구역의 변두리에 그들의 목적지가 있었다.

"여기가 다이반의 아틀리에인가?"

"뭐야? 이 무식하게 큰 미술관은……. 거의 골프장만큼 넓잖아?"

저 안쪽의 건물이 흐릿하게 보일 정도였다.

미술관 부지와 일체화된 그 아틀리에를 본 순간, 진과 미스미스 대장은 저도 모르게 멈춰 섰다.

한편——.

이스카는 이국적인 분위기가 흘러넘치는 미술관 앞에서 놀라움을 숨기지 못했다.

"……이, 이것은!"

"어, 이스카 군?"

"대체 왜 눈치채지 못했을까? 여기는 **그 유명한** 인간 국보 다이반 선생님의 아틀리에잖아!"

미술 감상은 이스카의 취미 중 하나였다.

제국 유수의 검사라는 대외적인 모습과는 별로 안 어울리지만, 제국에서 멀리 떨어진 중립도시까지 일부러 가서 미술 전시회를 감상할 정도로 중증인 『미술 마니아』였다.

그런 이스카가 온몸의 전율을 억누르지 못하고 있었다.

"대장님, 여기 있는 사람은 세계적으로 유명한 예술가예요!"

"어? 그래?"

"인간 국보 다이반, 별명은『불꽃의 예술가』!"

도예, 서예, 시, 조각, 회화, 음악, 더 나아가 미식에 이르기까지 온갖「미(美)」의 극치에 다다르고자 하는 종합 예술가──.

그것이 다이반이었다.

그의 이름은 전 세계에 알려졌고, 세계 각국에 열광적인 팬이 있다고 한다.

"일설에 의하면 그가 제도에 사는 한, 네뷸리스 황청도 전면전을 벌이지는 못할 거래요. 그런 소문이 날 정도로 대단한 남자라고요."

"뭐? 네뷸리스 황청이?!"

"네. 만에 하나 그에게 무슨 일이라도 생긴다면 틀림없이 세계적인 손실일 테니까요."

제국과 이 세계를 양분하고 있는 네뷸리스 황청이 그토록 경외하는 인물이라고?

좀처럼 믿기 어려운 이야기였지만.

"……그러고 보니 나도 들은 적이 있어. 제도의 어딘가에, 일국의 왕보다도 더 강한 권력을 지닌 영감님이 살고 있다는 이야기. 설마 그게──."

"바로 그렇다!"

진이 중얼거린 순간.

지체 없이 그렇게 대꾸한 사람이 있었다. 입구에서 나타난 덩치 큰 남자였다.

"나는 첫째 제자인 고리라고 한다. 다이반 선생님의 아틀리에에 온 것을 환영해!"

몸집이 작은 미스미스보다 체중이 세 배는 더 될 것 같은 거대한 사나이였다.

얼굴은 산뜻하게 생겼지만, 목 아래쪽은 완벽한 프로 레슬러 체형. 조화가 안 되는 그 분위기가 특징적인 남자였다.

"자네들이 아르바이트하러 온 군인들이지? 전부 다 해서 세 명?"

"마, 맞습니다! 저는 대장인 미스미스입니다. 여기 이 둘은 이스카 군과 진 군이에요."

참고로 네네는 어떻게 됐느냐 하면, 군대의 휴일 훈련 때문에 오늘은 참가하지 못했다.

"그럼 당장 선생님께 소개를 드릴게. 자, 따라와!"

첫째 제자 고리의 안내를 받아서 미술관 뒤편의 아틀리에로 이동했다.

"……저, 저기, 왠지 생각보다 훨씬 더 유명한 예술가인 것 같은데. 있잖아, 진 군. 우리 진짜로 괜찮은 걸까?"

"난 미술은 하나도 몰라."

"그럼 이스카 군은?!"

"……저도 좀 자신은 없어요."

실은 이스카도 미술은 철저히 감상만 해봤으므로 제작 쪽은 잘 몰랐다.

여기서 어떤 일을 맡게 될지 상상도 할 수 없었다.

"선생님! 선생님!"

「작품실」이라는 유려한 글자가 쓰여 있는 어느 방의 문을 두드리는 고리.

"아르바이트하러 온 제국 군인이 왔습니다. 들어가겠습니다!"

대답도 기다리지 않고 문을 열었다.

그 안에는——.

"끄으으으으으으으으으으응!"

신음을 내는 노인이 있었다.

——인간 국보 다이반.

멋진 수염을 기른 백발의 노인이었는데, 그 체격은 고리만큼이나 기골이 장대했다. 안광은 날카로워서 마치 전사 같은 박력이 느껴졌다.

"크으으으으으으으으으으윽…… 아냐, 이건 안 돼!"

이스카 일행을 눈치채지 못했다.

첫째 제자의 목소리조차 듣지 못한 채, 예술가 다이반은 현재 제작 중인 그림을 쏘아보고 있었다.

"선생님, 아르바이트하러 온 사람들이——."

"이런…… 이런 독창성이라곤 하나도 없는 그림 따위…………."

다이반이 벌떡 일어났다.

그리고 벽을 따라 쭉 진열된 새빨간 조각상 중 하나를 집어 들었는데, 그 순간 첫째 제자 고리가 소리를 질렀다.

"큰일 났다! 다들 바닥에 엎드려!"

""""네?""""

"다이반 선생님은 완벽주의자야. 실패작을 세상에 남기는 것은 수치라고 생각하는 타입이라, 작품을 완전히 박살 내서 소멸시켜 버리는 거야. **대폭발**을 일으켜서!"

순식간에 납작 엎드렸다.

이 신속한 행동은 이스카 일행이 제국 군인이라서 가능한 것이었다.

"이런 볼품없는 예술은, 도저히 용납이 안 돼————!"

다이반이 집어던진 폭약 든 조각상이 그림에 부딪쳤다.

대폭발.

쾅! 하고 불꽃이 터지면서 거기 있는 그림을 불태워버렸다.

불꽃의 예술가 다이반——.

인간 국보이자, 제도에서 가장 위험한 남자로 알려진 노인이었다.

"……후…… 후유…… 이게 바로 내 불꽃의 걸작 『자포자기의 상(像)』이다! 형편없는 실패작들이라면 적어도 아름답게 사라지기라도 해야지."

"하마터면 우리까지 한꺼번에 사라질 뻔했는데요?!"

"음?"

노인이 뒤를 돌아봤다.

미스미스가 소리를 지르기 전까지는 정말로 그 존재를 눈치채지 못했었나 보다.

"저, 저기요, 그 폭탄은 뭐예요?!"

"오, 소녀야. 내 걸작 『자포자기의 상』에 관심이 있는 거냐?"

"없어요!"

실패작 폭파용——.

작은 충격으로도 폭발하는 조각상이 벽 근처에 수십 개나 늘어서 있는 것은, 역전의 제국 군인인 이스카 일행조차도 뒷걸음질 치고 싶어지는 광경이었다.

"자, 선생님. 인사하시죠."

"흠, 그래. 내가 바로 인간 국보인 다이반이다!"

노령의 예술가가 호쾌하게 고개를 끄덕이더니 눈앞의 미스미스를 가리켰다.

"소녀여, 예술이란 무엇이냐?!"

"네? 잠깐만요. 갑자기 그런 것을 물어보셔도 곤란한데요?! 저는 군인이고, 전문 분야 이외의 지식은……."

"그럼 가르쳐주마."

미스미스, 이스카, 진을 둘러보더니, 건장한 노인이 주먹을 치켜들었다.

"예술이란, 내 안의 우주와 맞붙는 싸움이다! 투쟁심과 창조력이 서로를 드높여주면서 새로운 우주를 만들어내는 거야. ……알겠어?"

"이봐, 이 영감님은 빨리 병원으로 보내야 하는 거 아냐?"

진의 위험한 중얼거림.

그러나 당사자인 다이반은 자기가 하고 싶은 말을 다 해서 만족했나 보다. 어느새 빙글 돌아 등을 보이고 있었다.

"……휴. 언제 어디서나 젊은이에게 가르침을 전해주는 것은 흥분되는 일이야."

"아무것도 전달받지 못했는데."

"자, 이제부터는 너희들이 새로운 우주를 찾아서 신시대의 예술을 개척하는 거다."

"아니, 그러니까──."

"고리!"

첫째 제자를 불렀다.

당연히 진의 이야기 따위는 듣지도 않았다.

"나는 바쁘다. 고리, 네가 이 녀석들을 돌봐줘라."

"그럼 이 사람들을 안내하겠습니다. 자, 아르바이트생 여러분. 안뜰로 가자! 선생님이 만드신 작품을 소개해주마."

아틀리에의 안뜰──.

잔디가 깔린 정원은 마치 골프장처럼 넓고 푸르렀는데, 여기가 작품의 야외 전시장도 겸하고 있었다.

"와, 사람이 엄청 많네!"

"날마다 수많은 여행객이 해외에서 여기로 오고 있어. 선생님은 세계적으로 유명하신 분이니까."

잔디밭을 걸어갔다.

첫째 제자 고리가 향한 곳은, 아직 일반 관람이 허용되지 않은 미공개 구역이었다.

"너희들은 운이 좋아. 아르바이트하러 와준 사람에게는 우선 선생님의 대표작을 실컷 구경시켜주는 것이 항례이거든. 전부 다 유명한 작품들이야."

"네? 저, 정말 그래도 돼요?"

"당연하지. 우선 이것부터 봐!"

첫째 제자 고리가 가리킨 조각상.

이스카가 보기에는 다리가 세 개 달린 문어처럼 보였다.

……문어? 해파리?

……연체동물인가? 아무리 봐도 그런데.

그러나 다리가 세 개인 연체동물은 이 세상에 없었다.

솔직하게 모티프가 뭔지 물어봐야 하나? 하지만 그것은 예술가에 대한 무례한 행위일 가능성도 있다. 이스카는 그 점을 잘 알고 있었다.

"어? 이게 뭐예요? 애들 장난 같은 조각상이네요."

"대장님이 가차 없이 말씀하시네——?!"

그러나 첫째 제자 고리는 그 말을 듣고도 불쾌해하지 않았다.

"후후, 선생님의 예술은 원래 독창성이 뛰어난 것으로 유명하거든. 그럼 가르쳐주마. 이것은 다이반 선생님의 초기 대표작 중 하나인『투견』——자, 이 놀라운 약동감을 봐."

"……이 해파리가, 개라고?"

"그래. 이 흐물흐물한 모습이 바로 약동감을 표현한 거야. 싸우는 개의 강력함과 투쟁심이 잘 배어 나오고 있잖아?"

배어 나오지 않았다.

아무리 봐도 저것은 해파리인걸. 그렇게 말하고 싶은 것을 꾹 참으면서 이스카, 미스미스, 진 세 사람은 서로 얼굴을 마주 봤다.

"이봐, 보스. 저 정도면 어린애 낙서가 훨씬 더 낫지 않아? 정말로 그 영감님은 유명한 거 맞아?"

"그, 그건 내가 물어보고 싶거든?! 저기, 이스카 군은 예술을 잘 알잖아? 이거 어때?"

"아뇨, 그게…… 저도 이런 미술은 아직 공부가 부족해서……."

"이봐, 솔직하게 물어볼게."

진이 겁도 없이 질문했다.

"나는 이 조각상의 가치를 모르겠거든? 그러니까 구체적으로 가르쳐줘."

"오, 좋은 질문이야."

첫째 제자 고리가 고개를 끄덕거렸다.

"압도적으로 진화한 아름다움은 때로는 대중이 이해를 못 하기도 하지. 선진적인 예술가가 추구하는 지평인데, 그것이 수많은 딜레마와 비극을 낳았다는 것은 역사상에서도——."

"됐으니까 빨리. 금액으로 말해줘."

"이거 하나면 제국의 군용기를 살 수 있다. 그것도 최신형을."

"허어억?!"

미스미스가 경악하여 비명을 질렀다.

자금난으로 고민하는 제907부대로서는, 이런 조각상이 그 정도로 높은 가치를 지니고 있다는 것이 충격적으로 느껴졌다.

"이런 조각상으로 부자가 된다고……? 나도 예술가가 되어볼까."

"어림없는 소리! 이것은 선생님이 오랫동안 연구해서 만들어낸 『아름다움』이다. 그리 쉽게 흉내 낼 수 있는 것이 아니야."

"……흉내는 낼 수 있을 것 같은데요."

완전히 다리 세 개 달린 해파리처럼 보이는 조각상과 눈싸움을 하면서 그렇게 말하는 미스미스.

"그럼 이 개 조각상의 다리가 세 개인 것도 심오한 이유가 있나요?"

"당연히 다 계산해서 만든 거야."

첫째 제자 고리는 자신만만했다.

"선생님은 옛날에 이렇게 말씀하셨어. ……『재채기를 너무 심하게 하는 바람에 다리 하나를 부러뜨렸다』고."

"대체 뭘 계산한 건데요?!"

"자, 다음 예술을 소개해주마!"

"저, 저기요, 잠깐만!"

미스미스의 질문을 뚝 자르고 안뜰을 가로질러 걸어가는 첫째 제자.

그 앞에는──.

"다이반 선생님은 올해도 의욕에 불타고 계셔. 올해의 신작

No.7『노래하는 과일』도 그 결과물 중 하나야. 자, 어때?"

대리석 대좌.

그 위에 있는 수류탄.

아마도 폐기물을 사들인 모양인데, 그 폭탄이 대좌 위에 동그마니 놓여 있었다.

그게 전부였다.

"이스카 군, 나는――."

"잠깐만요, 대장님. 끝까지 말할 필요 없어요……. 저도 같은 의견이거든요."

영문을 모르겠다.

아까 그 신기한 해파리 개 조각상조차도, 그것이 조각이라는 분야에 속한다는 것 자체는 이스카도 이해할 수 있었다.

그런데 이건 뭘까?

"고리 씨, 다이반 선생님의 작품은 어디 있죠?"

"우리 눈앞에 있잖아."

"……저한테는 이것이 그냥 수류탄 폐기물처럼 보이는데요."

"좋아, 그럼 설명해줄게!"

고리가 눈앞에 있는 수류탄을 힘차게 가리키면서 이야기했다.

"이 둥글고 귀여운 수류탄을 열매로 삼고, 또 폭발을 '노래하는 것'으로 표현하는 다이반 선생님의 발상력과 구성력, 또 천재적인 시의 센스가 없었으면 완성되지 않았을 현대 공간 예술이야. 그야말로 선생님의 아름다움이『폭발』한 역작이지."

"……그냥 폐기물 폭탄을 놔두는 거라면 나도 할 수 있는데?"

그렇게 진이 중얼거린 순간.

그 말을 놓치지 않고 알아들은 첫째 제자가 눈을 번뜩였다.

"이봐, 진 군이라고 했나? 그것은 큰 착각이라고 해야 할 거야."

"뭐라고?"

"이 미사용 안전핀을 봐라. 이것은 폐기물이 아니야. 제국 사령부에서 직접 구매한 진짜 정품이지. 지금도 정상적으로 폭발시킬 수 있어!"

"그렇다면 더 심각한 문제잖아?! 아니, 불발 처리도 안 한 수류탄을 아무렇게나 내버려 두다니, 이게 무슨 짓이야?!"

애초에 사령부는 제국군의 무기가 밀매되는 것을 규제하는 측일 것이다.

……분명히 그럴 텐데.

"사령부에도 은근히 다이반 선생님을 지지하는 팬이 있거든. 그래서 수류탄 열 개나 스무 개쯤은 기분 좋게 유출해주는 거야."

"기가 막히는 영감님이네…… 이봐, 수류탄은 창고에 넣어서 안전하게 보관해줘."

"아까 그 작품실에 진열해놨어."

"제일 위험한 장소잖아?!"

그것은 아까 봤던 『자포자기의 상』이 진열된 방이었다.

혹시나 실수로 그중 한쪽에 불이 붙으면…….

"불발 처리를 하지 않은 수류탄은 위험물 관리법에 저촉된다.

이건 당장 신고를——."

"자, 그럼 다음 예술을 보러 가자!"

"이, 이봐?!"

첫째 제자는 진의 말을 대충 흘려듣고 계속해서 안뜰을 가로질러 갔다.

"지금까지는 인공물 작품을 봤잖아? 이번에는 대자연에 대한 선생님의 강렬한 접근 방식을 보여줄게."

올해의 신작 No.13 『대자연』——.

그렇게 조그만 글씨가 쓰여 있는 라벨이 미술관 입구에 붙어 있었다.

마른 잎사귀 한 장.

아니, 설마? 하고 생각했는데…….

"이게 선생님의 최신작이야."

"아, 역시?!"

세 사람의 반응이 완벽하게 일치했다.

"고작 나뭇잎 한 장. 그러나 이 한 장에 응축된 대자연의 에너지가 느껴지지 않아? 일부러 무기질적인 콘크리트에 배치함으로써 나뭇잎의 『초록』을 돋보이게 해주는 그 의장(意匠)도 참으로 훌륭해."

"아니, 그냥 마른 나뭇잎인데……?"

"초록색도 아니고 갈색이잖아……."

"애초에 말라버린 시점에서 대자연의 에너지도 아예 없는 거 아닌가……?”

“설명을 계속해주마!”

이스카 일행의 지적은 첫째 제자 고리에게는 들리지도 않는 것 같았다.

“참고로 이 작품은 말이지, 이것을 맨 처음 감상할 권리를 얻기 위한 경매에, 여러 나라의 귀족들 400명이 참가했어.”

“400명?!”

“귀족들이 죽도록 한가한가 봐!”

“5시간이나 경쟁한 끝에, 그 경매 가격은 제국군 총예산과 맞먹을 정도로 올라갔지.”

“이해가 안 돼, 난 도저히 이해를 못 하겠어!”

미스미스 대장이 아연실색하면서 말을 이었다.

“겨우 이런 나뭇잎 하나가…………… 앗!”

미스미스가 손가락으로 가리킨 순간.

그 마른 잎이 휙! 하고 바람에 휘말려 날아갔다.

정원 밖까지 날아가서 자취를 감춰버렸다.

“작품 소실?!”

“이, 이거 어떡해요?!”

“다들 진정해. 이거야말로 내가 나설 차례야.”

자신만만하게 손을 드는 첫째 제자.

그는 즉시 쪼그려 앉아서 안뜰에 떨어져 있는 나뭇잎 한 장을 주웠다.

그리고 그것을 아까와 똑같은 장소에 내려놓고——.

"……휴."

폭포수처럼 쏟아지는 땀을 닦는 고리.

그는 마치 세계의 운명을 결정하는 싸움에서 승리한 것처럼 상쾌한 미소를 지었다.

"좋아, 간신히 늦지 않게 수복했군."

"어딜 봐서?!"

"이미 늦었어!"

"심지어 마른 잎도 아니고 그냥 평범한 녹색 잎이 되었잖아?!"

뭐든지 다 통용되는 무법 지대였다.

그러나 제907부대가 일제히 비판했음에도 불구하고 다이반의 첫째 제자의 압도적인 자신감은 흔들리지 않았다.

"마지막으로 다이반 선생님의 야심작을 소개하마."

걸작 No.9 『천제』——.

복슬복슬한 털로 뒤덮인 개?

아니면 몸을 동그랗게 만 고양이?

작품 테마로 보건대 그것은 그 유명한 제국의 최고 권력자인 천제(天帝)일 텐데, 눈앞에 있는 조각상은 아예 인간도 아니었다.

"천제 폐하가 크게 기뻐하셨어. 이 조각품 덕분에 다이반 선생님은 우리나라의 인간 국보로 인정받은 거야."

"……아, 네……."

"……예술이란…… 예술이란, 도대체……."

"이봐, 우리나라는 정말 괜찮은 건가? 나 불안해졌는데."

가격은 측정 불능.

너무나 성스러워서, 그 가격을 감정하러 온 미술가들조차도 두려워하여 그냥 물러갔다는 일화까지 있었다.

"예전에 이곳에 숨어 들어온 도둑도 이 작품을 보자마자 마음이 정화돼서, 눈물을 흘리며 자수하러 왔었어."

"거짓말이지?!"

"틀림없이 다른 이유가 있었을 거예요!"

"허, 이제는 슬슬 위험한 종교가 된 것 같은데?"

서로 얼굴을 마주 보는 세 사람.

첫째 제자의 면전이었지만, 더 이상 그런 것에는 신경 쓸 여유도 없었다.

"보스, 어쩔 거야? 이런데 우리가 정말로 아르바이트를 할 수 있을까? 그 영감님의 작품은 도저히 이해를 못 할 것 같은데. 그걸 어떻게 도와줘?"

"윽…… 나도 자신이 없어. 이스카 군, 너만 믿을게!"

"저, 저도 못해요!"

예술을 사랑하는 이스카도 제대로 이해할 수 없을 정도였다. 진과 미스미스는 완전히 이해하기를 포기해버렸다.

"자, 그럼 슬슬 자네들에게 일을 부탁해볼까."

"헉?!"

"나를 따라와."

세 사람이 진심으로 겁먹었다는 사실을 깨닫지도 못하고, 첫째 제자 고리는 가벼운 태도로 안뜰 저쪽 건너편을 가리켰다.

━━━━━━━━━━

다이반의 아틀리에.

음악실──.

"이곳은 다이반 선생님이 작곡할 때 틀어박혀 계시는 방이야."

피아노, 바이올린, 트럼펫 같은 오케스트라 악기. 또 이국의 민족 악기도 잔뜩 진열되어 있었다.

"우와, 넓다! 제국군 대회의실만큼 넓은 걸지도 몰라."

"그런데 꽤 지저분한걸."

대장과 진이 둘러보는 가운데──.

바닥 전체에 흩어져 있는 것은 수백 장이나 되는 악보였다. 직접 손으로 그린 악보. 책상 위에도 그런 악보가 산더미처럼 쌓여 있었다. 벽과 천장에도 붙여놨으므로 전부 다 합치면 수천 장은 될 것이다.

그때 이스카는 눈치챘다.

"아, 이거, 오페라인가?"

악보의 여백 곳곳에 연기 지도 내용이 적혀 있었다.

오페라──연극과 합창의 혼성 예술. 『예술의 여왕』이라고 불릴 정도로 인기 있는 분야였다.

이스카도 중립도시의 오페라하우스에 가본 적이 있었다.

"아, 그건 나도 알아!"

갑자기 의욕이 생겼는지 미스미스가 바닥에 흩어져 있는 악보를 주웠다.

"와, 굉장하다. 이런 대규모 합창이라니. 독창도 반주도 이토록 호화로운──."

"그래, 바로 그거야!"

휙! 하고 악보 더미를 들어 올린 사람은 첫째 제자 고리였다.

"이것은 분명히 오페라이다. 그것도 보통 오페라가 아니야. 여기 있는 수천 장이나 되는 악보. 그것이 전부 다 한 곡을 위해 만들어진 거다!"

"헉?!"

"그, 그건, 굉장한데⋯⋯?"

도대체 몇백 명이나 되는 악단이 동원돼서.

몇십 시간이나 되는 무대가 만들어지려는 걸까.

"다이반 선생님의 일생일대의 그랜드 오페라. 그 이름은 바로──『너와 나의 최후의 투쟁, 혹은 세계가 사랑한 소나타』!"

"우와!"

"이름만 들어 봐도 대작의 분위기가⋯⋯."

"아까 그 작품들에 비하면 꽤 괜찮은 편이군."

예술을 잘 모르는 진도 납득했다.

이렇게 많은 악보를 사용한 음악이라면 엄청난 대작일 것이다.

"자네들에게도 느껴지지 않나? 손수 그린 이 악보에서 배어나는 격정이! 이것은 모든 젊은이에게 바치는 신세계의 발라드이자, 비련에 슬퍼하는 영혼을 인도해주는 구제의 레퀴엠이기도 하다!"

"……음, 일단은, 느껴지긴 해요."

"……뭐, 뭔가 굉장한 느낌이 든다는 것은 저도 알겠어요."

"……기백은 느껴지네."

"단, 너무 엄청난 대작이라서 의뢰를 받은 지 30년이 지났는데도 여전히 미완성이다."

""""그럼 안 되는 거 아냐?!""""

마치 합창하는 것처럼——.

이스카와 미스미스 대장과 진이 내지른 소리가 음악실에 울려 퍼졌다.

착수한 지 30년.

느려도 너무 느렸다. 의뢰인은 어떤 심정으로 곡이 완성되기를 기다리고 있는 걸까.

"이야기를 계속하마. 이 오페라『너와 나의 최후의 투쟁, 혹은 세계가 사랑한 소나타』——약칭『너와 나의 사랑』에 관한 이야기를."

"……아. 급격히 친근해졌다."

"……뭐든지 상관없긴 해."

"……난 귀여워서 마음에 들어."

"이 방에는 선생님이 지금까지 채용하지 않았던 악보들이 쌓여 있어. 간단히 말하자면, 이것들을 정리해줬으면 좋겠어."

바닥과 책상에 널브러져 있는 악보.

자세히 보니 그 위에다 난폭하게 펜으로 줄을 그은 흔적이 있었고, 확 찢어버린 악보도 있었다.

"다른 작품은 언제나 『자포자기의 상』을 던져서 태워버리는데, 여기에는 중요한 악보도 있거든. 그러니까 거기 분쇄기로 잘게 잘라줘."

"네! 그 정도는 저희도 할 수 있어요!"

안심한 미스미스 대장이 기운차게 손을 번쩍 들면서 대답했다.

"열심히 할게요!"

"응, 잘 부탁해. 나는 선생님의 조수 일을 하러 갈 테니까, 한 시간 후에 돌아올게."

아르바이트 개시.

종이들을 계속 분쇄하는 것은 예상보다 훨씬 더 귀찮은 일이었다. 무려 30년 동안 전혀 정리하지 않았던 악보들이니까.

수천 장. 그것도 방구석에 놓여 있는 악보는 먼지투성이였다.

"콜록…… 콜록…… 저기, 이스카 군. 이거 먼지가 엄청나다."

"이쪽은 곰팡이가 장난 아니에요. 혹시 몰라서 목장갑을 가져오길 잘했네요."

마스크와 목장갑 착용.

이스카와 미스미스 대장이 하나하나 악보를 분쇄하고, 그 작게 부서진 종잇조각들을 진이 비닐봉지에 집어넣었다.

그러나.

작업이 순조롭게 진행된 것도 처음에만 그랬다.

"억, 뭐야, 분쇄기가 막혀버렸네?! 이거 왜 이래, 악보에 유화의 퍼티가 들러붙어 있어!"

"아야야얏?! 저기, 조각도 날이 이쪽에 떨어져 있는데?!"

종이 분쇄기가 고장 났고.

게다가 음악실인데도 생뚱맞게 조각도가 아무렇게나 버려져 있기도 했다.

"이스카 군, 기계가 안 움직여……."

"과열됐나 봐요. 몇 년이나 사용하지 않았던 기계를 풀가동시켰잖아요. ……대장님, 거기 가위가 있으니까 지금부터는 수작업으로 하죠."

가위로 악보를 잘게 자르는 작업으로 넘어갔다. 그러나 여전히 종이들은 산더미같이 남아 있었다.

"어? 미스미스 대장님. 그쪽 악보는 집게로 잘 모아서 보관해 놓은 것 같은데요. 그거 잘라도 돼요?"

"아~ 괜찮아, 괜찮아."

콧노래를 부르면서 거침없이 가위질하는 미스미스 대장.

"이건 바닥에 떨어져 있었는걸. 중요한 것은 제대로 책상에 놓여 있으니까. 이건 필요 없는 악보야."

"네, 알았어요."

한 시간 후──.

"다들 어때, 잘되고 있어?"

상쾌한 미소를 지으면서 첫째 제자 고리가 등장했다.

"어? 저런, 기계가 망가져서 수작업으로 하고 있었구나. 미안해."

"아뇨, 괜찮아요. 저희도 지금 막 작업이 끝났거든요!"

깔끔하게 분쇄를 마친 악보.

그것을 비닐봉지에 싹 집어넣고 먼지도 청소했더니, 음악실은 몰라볼 정도로 깨끗해졌다.

"훌륭해! 과연 제국 군인의 수완은 놀랍군. 이 정도면 틀림없이 선생님도………… 어라?"

그는 두리번두리번 방 안을 둘러봤다.

"고리 씨, 왜 그러세요?"

"이상하네! **집게로 고정시켜둔 악보**가 책상 위에 있었을 텐데. 바닥에 떨어졌나?"

"……집게?"

"선생님이 완성한 제8악장 악보. 그것만 따로 보관해뒀는데."

"_____."

침묵하는 제907부대.

진과 이스카의 시선이 한곳에 집중됐다. 미스미스 대장이 들고 있는 가위에.

"……대장님."

"……이봐."

"아, 저기, 그게 말이죠……."

폭포수 같은 땀을 줄줄 흘리는 미스미스 대장이 마른침을 꿀꺽 삼켰다.

그리고 손가락으로 가리켰다.

"악보는, 아마도 저 안에……."

비닐봉지.

이미 원형을 알아보지 못할 정도로 조각조각 잘린 종이들이 그곳에 있었다.

"뭐라고?!"

"죄, 죄송해요, 고리 씨!"

"아, 아니…… 누구나 실수는 할 수 있지. 잃어버린 것도 일부분이라, 전체에 비하면 사소한 것이고."

그 대단한 첫째 제자도 당황한 표정을 짓고 있었다.

"선생님께 사죄를 드리자. 언제나 정직하게 행동하는 것이 최고야."

"요, 용서해주실까요?"

"_____."

"그 침묵은 뭐죠?!"

"괘, 괜찮을 거야……. 다이반 선생님은 자신에게도 남에게도 엄격한 분이시지만, 실패를 용서할 정도로 그릇이 큰 인물이야."

불안해하는 미스미스 대장의 어깨를 친절하게 툭툭 두드리면서 고개를 끄덕이는 첫째 제자 고리.

"아마도 등짝에 조각도로 죄인의 문신을 새겨 넣는 것 정도로 용서해주실 거야.”

“끼야아아아아아아악?!”

다이반의 아틀리에.

작품실──.

이스카가 조심조심 들여다본 그 방의 중앙에는 예술가 다이반이 있었다.

“끄으으으으웃으으윽?!”

그런데 그의 상태가 좀 이상했다.

소녀의 석상 앞에서 갈등하는 것처럼 고뇌에 찬 신음을 내고 있었다.

“아니야……. 이건, 내가 생각하는 처녀가 아니야!”

“저것은 선생님의 다음 작품이야.”

첫째 제자 고리가 방문 뒤에서 몰래 가르쳐줬다.

제목은『번데기와 나비』.

육체가 소녀에서 어른으로 변해가는 그 경계선상에 있는 처녀의 갈등을 묘사하는 것이 목표였다.

그러나 어른의 섹시함을 강조하면 소녀의 순진함이 사라지고, 소녀의 천진함을 강조하면 어른의 성숙함이 사라져버린다.

“다이반 선생님, 선생님.”

“우오오오오오오오오옷!”

“선생님──.”

"끄으으으으으응!"

안 되겠다. 상대가 눈치를 못 챈다.

제자와 이스카, 미스미스 대장, 진, 그렇게 네 명이 바로 뒤에 서 있는데도.

"이러면 안 돼. 한 달 내로 완성하지 못하면, 여름 대박람회 가……! 그런데 아직도 이상적인 소녀를 발견하지 못했어!"

미친 듯이 머리를 흔들더니.

그때 갑자기 다이반이 이쪽을 돌아봤다.

"어라? 뭐야, 고리. 너희들도 뭔데?"

"아, 선생님. 실은──."

"자, 잠깐만, 너는?!"

다이반이 첫째 제자를 밀쳐내고 불쑥 몸을 앞으로 내밀었다.

그리고 어리둥절해진 미스미스 대장을 뚫어지게 응시했다. 눈도 거의 깜빡이지 않고.

"어? 저, 저요?"

"그래, 너!"

"꺄악?!"

덥석! 어깨를 붙잡힌 미스미스가 겁에 질렸는데, 노인은 그것을 눈치채지 못할 정도로 열중한 상태였다.

"내가 원하던 이상적인 처녀가 여기 있어!"

"네에엣?!"

천진난만하고 순진무구하게 생긴 얼굴과, 어린 시절 그대로

인 키.

그러나 미스미스는 스물두 살. 성인 여성으로서, 아니, 보통 사람들보다도 더 가슴과 엉덩이는 발달했다. 그야말로 소녀와 여인의 양면성.

"이 얼마나 배덕감이 흘러넘치는 아가씨인지!"

"나는 청순하거든요?!"

새빨개진 얼굴로 소리를 지르는 미스미스. 그 앞에서 인간 국보 다이반은 우렁차게 선언했다.

"이봐, 옷을 벗어라!"

"네에엣?!"

"아, 영감님. 잠깐만."

저돌적인 노인을 그런 식으로 뒤에서 제지한 사람은 진이었다.

"그건 아르바이트의 영역에서 벗어난 거야. 모델 일을 시킬 거라면, 그에 상응하는 보수를 요구하고 싶다."

"흐음?"

"진 군, 내 의견은?!"

"진정해, 보스. 등에 조각도로 문신이 새겨지는 것과 옷을 벗는 것. 어느 쪽이 더 나은지 생각해봐."

"둘 다 싫어어어어어엇!"

협상 성립──.

미스미스는 경사스럽게도 모델 역으로 발탁됐고.

그 대신 『너와 나의 사랑』의 악보를 망쳐버린 그 실수는 없었던 것으로 하게 되었다.

또한.

다이반은 나체가 되기를 요구했지만, 그것에 관해서는 미스미스가 필사적으로 저항했으므로 결국 속옷 차림으로 협상이 타결됐다.

"역시 진은 유능해. 덕분에 우리가 살았어."

"쉬운 협상이었지."

"이스카 군?! 진 군?! 왜 대장인 나를 내버려 두고 느긋하게 차를 마시고 있는 거야?!"

작품실 소파.

그곳에는 속옷만 입고 누워 있는 미스미스 대장이 있었다. 새빨개진 얼굴로 어깨를 부들부들 떨면서.

"애초에 대장님이 예산을 불고기 값으로 써버린 것이 문제였잖아요?"

"으윽?!"

이스카의 반론에 금방 입을 다물어버리더니.

귀엽고 작은 여대장은 체념한 것처럼 한숨을 푹 내쉬었다.

"이…… 이건 예술. 이건 예술이야……. 나, 나는, 부끄럽지 않아……."

"이거다! 이게 바로 내가 원했던 이상적인 처녀의 모습. 창조력이 끊임없이 흘러넘치는구나!"

환희의 비명을 지르는 다이반.

조각을 하기 전에 먼저 미스미스를 스케치로 남기기 위해, 무시무시한 기세로 캔버스에 그 모습을 옮기고 있었다.

　단──.

　변함없이 무엇을 그리고 있는 건지 이스카와 진으로선 알 수가 없었다.

　"오. 보스의 눈이 다섯 개야."

　"가슴골에서 튀어나온 것은 가시인가? 아니, 더듬이인가?"

　"난 그렇게 생기지 않았거든?!"

　어린아이가 보면 울음을 터뜨릴 정도로 무서운 그림이 완성되어 갔다.

　……그럴 줄 알았는데.

　"아니, 아니야!"

　"선생님, 왜 그러십니까?"

　연필을 쥔 다이반의 손이 멈춰버렸다. 그는 미간에 깊은 주름을 잡은 채, 모델인 미스미스와 자신의 캔버스를 몇 번이나 번갈아 보면서 비교했다.

　"으…… 뭔가 이게 아니라는 느낌이 들어. 이 아가씨한테는 총명함이 없어."

　"정답이야, 영감님. 의외로 안목은 좋은데?"

　"진 군, 넌 도대체 누구 편이야?!"

　"이게 무슨…… 아니, 아직은 아니야. 결론을 내리기에는 너무 일러…….

다이반이 비틀거리더니 제자의 부축을 받아 작품실을 떠나 갔다.

"고리, 나는 잠시 명상을 하면서 마음을 가라앉히는 과정에 돌입해야겠다."

"네, 선생님. 자, 그럼 자네들은⋯⋯."

첫째 제자 고리가 난잡해진 방을 가리키면서 말했다.

"일단 여기를 청소해줘."

실패한 조각들도 여러 개 있었고, 스케치를 찢어버린 종이도 있었다. 물감이 묻은 천 조각도 흩어져 있었고.

"이미 설명했듯이 선생님은 완성품 이외의 작품은 모조리 불태워서 깨끗이 없애는 것이 습관이시다. 그러니까 저 가마에 넣어서 태워줘."

"아, 알겠습니다!"

미스미스가 사복으로 갈아입을 때까지 기다렸다가 청소를 시작했다.

악보를 분쇄하는 것에 비하면 간단한 일이었다. 그냥 뭐든지 가마에 집어넣어 태우기만 하면 되니까.

"저기, 이스카 군. 이 가마 참 크다, 그렇지?"

"도예용으로 특별히 주문한 것 같네요. 다이반 선생님은 도예로도 유명하시니까."

한 아름이나 되는 캔버스도, 인간 사이즈의 조각상도 몽땅 가마 속에 집어넣었다.

"보스. 저 벽 쪽에 있는 엉터리 실패작이 제일 큰 것 같아."

"우와, 진짜 크네?! 나 혼자서는 못 들어. 이스카 군, 진 군도 좀 도와줘."

지름이 2m는 되는 나무 조각상.

하여간 엄청나게 컸는데, 이것도 역시 모티프가 무엇인지 알 수 없었다.

짐승인가?

등에 촉수가 하나 돋아나 있는 것이 상당히 박력 있는 디자인이었다.

"진, 이거 동물일까?"

"그걸 내가 어떻게 알아. 어차피 아까 그 해파리 개처럼, 실수로 촉수를 하나 더해버린 실패작인 거 아냐?"

"아, 하긴. 그런가."

셋이서 그 조각품을 운반해 가마 속에 던져 넣었다.

"헉…… 똑같은 것이 하나 더 있어."

"그 영감님은 도대체 몇 번이나 똑같은 실패를 되풀이해야 직성이 풀리는 거야?"

두 번째 조각상도 가마 속에 넣었다.

가장 큰 실패작은 잘 치웠고. 이제는 자잘한 종이와 점토 파편 같은 것들도 한꺼번에 가마 속에 집어넣으면 끝이다.

"좋아, 그럼 불을 붙일게!"

가마 속에서 불이 타올랐다.

다이반과 첫째 제자가 돌아온 것은 그 직후였다.

"아, 잘 치웠네? 그래, 깨끗한 공간에서 심기일전하는 거야. 선생님의 창작에도 도움이 될 테지."

"……으음."

"어, 선생님?"

"이봐, 너희들. 뭐 하나 물어보마."

다이반이 이쪽을 돌아봤다.

방구석을 손가락으로 가리키면서.

"저쪽에 커다란 조각상 두 개를 놔뒀을 텐데. 어디 갔는지 모르나?"

"아, 알아요!"

기운차게 미스미스가 손을 들었다.

"청소하는 도중에 발견해서──."

"어딘가로 옮겨둔 건가?"

"태웠습니다."

빠직.

그 순간 인간 국보 다이반의 표정에 금이 가고, 또 동시에 첫째 제자 고리의 얼굴이 순식간에 얼어붙었다.

"…………지금 뭐라고 했나."

"어, 그러니까. 청소하다가 그것도 빠뜨리지 않고 잘 태웠습니다. 그것이 제일 큰 조각상이라서 옮기느라 고생했어요. 그렇지, 진 군?"

"아~ 아까 그 저주받은 조각상? 맞지, 이스카?"

"응, 가마 속에 집어넣는 것도 힘들었어."

군인 세 사람은 아직 눈치채지 못했다.

세계적 예술가인 노인이 부들부들 떨기 시작했고, 첫째 제자의 얼굴이 단번에 창백해졌다는 것을.

"…………."

"왜 그래? 영감님. 방이 너무 깨끗해져서 놀랐어?"

비틀거리는 인간 국보.

"……내, 내 영혼을 바친 걸작이…… 머나먼 이국의 공주님에게 부탁받아서 제작한, 궁극의 걸작 두 개가…………!"

"""응?"""

방금 이 노인이 뭐라고 말한 거지?

걸작?

"어? 아니, 잠깐만. 설마……."

"노, 농담이시죠, 다이반 선생님? 그렇게 기괴한 조각상이……."

"크고 기괴하고, 덤으로 등에 촉수까지 돋아나 있었잖아."

당황하여 그렇게 떠들어대는 세 사람.

그들의 눈앞에서.

"그 두 개의 작품의 이름은 『외날개의 신조(神鳥)』라고 한다. 내 대표작 중 하나가 될 예정이었는데……."

불이 활활 타오르는 가마 쪽으로 비틀비틀 걸어가는 다이반.

그는 새빨간 불꽃을 바라보면서 말했다.

"촉수가 아니야. 그것은 등에서 돋아난 진짜 날개였다."

"……그게 새라고요?"

"그런데 날개가 하나였는데요."

"맞아. 이상하잖아? 영감님. 새도 비행기도 날개가 좌우에 없으면 날지 못하잖아, 응?"

반론하는 제907부대.

그러나 세계적 예술가는 묵묵히 고개만 끄덕일 뿐이었다.

"그렇다. 그래서 한 쌍인 거야. 그 새는 둘이서 하나였다. 그렇게 한 쌍의 날개를 가지고 하늘로 날아오르는 거지."

""""………….""""

"서로 도우면서 하늘을 향한다. 그래, 이것은 인간의 삶 그 자체야. 이 조각상은 새이자, 불완전하면서도 필사적으로 살아가는 인간에 대한 찬가야!"

아, 이거 위험하다.

이스카, 진, 미스미스 세 사람은 동시에 깨달았다.

애초에 그것은 새도 아니라 한낱 저주받은 조각상처럼 보였지만, 그래도 이번에는 이 노인이 주장하는 아름다움의 이념이 무서울 정도로 정상적이었던 것이다.

변명의 여지가 없었다.

"그것을…… 그것을, 네놈들이……………………."

""""자, 잠깐만요, 다이반 선생님?!""""

이미 늦었다. 그곳에 있는 세 사람이 변명거리를 생각해내기도 전에.

"─────자, 막을 올리자."

인간 국보 다이반이 어디선가 갑자기 조각도를 꺼냈다.

나이프처럼 날카로운 그 칼끝으로 이쪽을 겨눴다.

"영혼의 걸작을 빼앗긴 예술가가 선보이는, 복수라는 이름의
『세리머니(아름다운 관극)』. 지금 여기서 개연한다!"

"농담이죠?!"

"자, 잠깐만!"

"그런 게 걸작이라는 것을, 우리가 무슨 수로 알겠────!"

세 사람은 눈치채지 못했다.

이미 첫째 제자 고리가 몰래 도망쳤다는 것을.

"나의 조각도 『피날레(종연)』로, 너희들의 온몸에 문신을 새겨
주마!"

노인이 펄쩍 뛰어올랐다.

마치 화형당한 신조의 분노에 찬 것처럼, 하늘 높이 날아오르
는 듯한 도약이었다.

"───────────각오해라!"

"끼야아아앗?!"

"큰일 났다, 아까 그 악보 사건보다 악화됐잖아?!"

"후퇴해!"

그들은 아틀리에에서 달리기 시작했다.

그러나 이곳은 다이반의 영역이었다. 이스카 일행이 온 힘을 다

해 도망쳐도, 경로를 예측한 다이반이 앞질러서 길을 막아버렸다.

"도망쳐봤자 소용없다!"

양손에 조각도를 움켜쥐고 달려오는 인간 국보 다이반.

"네 이놈들, 전부 다 나의 살아 있는 예술이 되어라!"

"""너무 끔찍한데요?!"""

아틀리에에서 이리저리 도망쳐다니는 제907부대.

"어라?"

"뭔가 매캐한 냄새가 나지 않아?"

"뭐지? 이 화약 냄새는……."

세 사람이 걸음을 멈춘 것은 한참을 도망치다가 또다시 작품실로 돌아왔을 때였다.

불타오르는 대형 가마──.

내열 소재로 된 그 가마가, 활활 타오르는 불길에 휩싸여 있었다.

"저게 뭐야?!"

"아차, 가마의 용량 초과인가?!"

이스카의 가슴속에 생겨난 불안감.

"그 두 마리 새인지 뭔지 하는 조각상 있잖아요. 그 거대한 것들을 억지로 태우는 바람에…… 저거 폭발할 거예요, 대장님!"

"역시 저주받은 조각상이었어──?!"

그런데.

그때 그들의 앞을 가로막은 것은 조각도를 꽉 움켜쥔 예술가였다.

"으하하하, 드디어! 네놈들은 이제 독 안에 든 쥐다!"

"아아앗?!"

"자, 잠깐만요, 다이반 선생님. 뒤, 뒤를 봐요! 작품실에서 화재가……!"

"이봐, 영감님! 아틀리에가 다 타버리겠어!"

"화재? 흥, 씨알도 안 먹히는 협박이군. 나를 뒤돌아보게 해놓고, 그 틈에 도망치려는 거지?"

활활 타오르는 방——.

그러나 정작 다이반은 등 뒤에서 그런 일이 일어나고 있는 줄 모르고 코웃음만 쳤다.

"내가 불 따위를 두려워할 것 같아? 어리석긴, 그런 수법은 나에게는 안 통한다!"

파랗게 질리는 이스카 일행.

다이반의 말 때문이 아니었다.

작품실에 즐비하게 늘어서 있는 대량의 화약 내장형 『자포자기의 상』에, 지금 막 불이 옮겨붙고 있었기 때문이다.

"아니, 그러니까——."

"영감님, 뒤를 보라고. 저 조각상에 불이 붙고 있어."

"난 죽기 싫어어어엇!!"

"가소롭구나!"

그들의 말을 일소에 부치는 인간 국보.

하늘을 우러러보면서 양팔을 벌리더니.

"다 타버린다고? 흥, 네놈들에게 진리를 하나 가르쳐주마. 예술이 영원한 것처럼, 내 아틀리에도 불————……으음?"

불똥이 머리 위로 쏟아졌다.

작품실이 불타서, 복도에 있는 다이반의 바로 뒤까지 불길이 다가온 것이었다.

"이게 뭐지?"

그는 불똥을 쳐다보더니. 그제야 겨우 뒤를 돌아봤다.

"——————————————————불이 났잖아?!"

"아, 그러니까!"

"우리가 그렇게 말했잖아요?!"

"안 돼, 이제는 불을 끄고 싶어도 너무 늦었어!"

3분 후.

다이반의 아틀리에는——.

마치 한순간의 섬광처럼 아름다운 불꽃을 피워내면서 화려하게 폭발했다.

━━━━━━━━

그다음 날.

제국과는 멀리 떨어져 있는 네뷸리스 황청의 어느 방 안에서.

"제도에서 대폭발이 일어났다고?"

그런 정보지 기사를 접한 앨리스는 놀라서 소리를 질렀다.

눈부신 금빛 머리카락과 사랑스러운 외모를 지닌 소녀이자, 제국 사람들이 「빙화의 마녀」라고 부르며 두려워하는 왕녀였다. 또한 제국군 검사 이스카와는 서로를 라이벌이라고 생각하는 관계인데, 그것은 두 사람만의 비밀이었다.

"게다가 폭발한 곳이 다이반 선생님의 아틀리에잖아?! 이건 엄청난 사건이야!"

불꽃의 예술가 다이반——.

앨리스는 제국과 대립하는 처지지만, 실은 남몰래 그를 좋아하는 팬이었다. 과거에 다이반이 세계여행을 하고 있다는 소식을 듣고 사흘 낮 사흘 밤을 쫓아가서 그에게 작품을 의뢰한 적도 있었다.

"선생님은 무사하실까? **그 조각상**도 무사하면 좋을 텐데……."

작품명 『외날개의 신조』.

——멋진 새를 보고 싶어요.

그런 앨리스의 부탁을 받아 제작되고 있는 두 개의 조각상. 지금 완성되기 직전이라는 연락도 얼마 전에 받았는데.

"아냐, 선생님을 믿어야 해!"

거실에서 벌떡 일어났다.

"선생님도 작품도 당연히 무사할 거야. 그래, 지금부터 미리 그 작품을 놓아둘 장소를 정해놔야겠다."

성의 안뜰이 좋을 것 같았다.

가신들에게도 같이 감상할 기회를 주고 싶었다.

"⋯⋯아. 맞다, 이스카에게도!"

사진 찍어서 보여주고 싶다.

그러면 예술 감상을 좋아하는 그 검사는 틀림없이 깜짝 놀랄 것이다.

"후후, 이스카, 마음껏 놀라도록 해. 나는 이제 곧 전설의 다이반 선생님의 작품을 직접 보게 될 거야!"

상쾌한 창가에서.

앨리스는 저 머나먼 제국령을 자신만만하게 바라봤다.

━━━━━━━━━━

같은 시각.

"불타버렸네⋯⋯."

"완벽하게 전부 다 폭발했어⋯⋯."

"우리도 그을음투성이가 되었고⋯⋯."

한때 다이반의 아틀리에였던 것.

시커먼 숯덩이로 변한 그 저택을 멍하니 둘러보는 이스카 일행.

또 한편으로는━━.

"선생님, 속이 후련한 표정이시네요."

"나의 첫째 제자야. 생각해 보면 이것이 좋은 기회일지도 모른다. 내가 구상하고 있던 새로운 아틀리에를 건설할 때가 온 거야!"

불꽃의 예술가 다이반.

이 남자가 제도에서 최고로 예술적인 건조물 『신(新) 다이반의 아틀리에』 건설 작업에 착수한다는 놀라운 뉴스는 며칠 후, 전 세계를 감동시키게 된다.

"이봐, 너희들. 멍하니 있지 말고 빨리 정리하는 작업을 도와라!"

"""네, 넷!"""

작품을 태워버린 죄로 이 저택의 뒷정리를 도와주게 되었다.

물론 무보수로.

"으아아아앙! 무보수로 일하다니, 이러면 우리의 예산은 전혀 늘어나지 않잖아?!"

"……근본적인 원인을 따지자면 대장님의 고깃값이 문제였던 거죠."

"다음에는 좀 더 괜찮은 아르바이트를 찾아보는 수밖에 없겠어."

그리고 다음 아르바이트――.

이스카를 비롯한 제907부대는 또다시 파란을 일으키게 되는데, 그 이야기는 다음 기회에.

File.02

너와 나의 최후의 전장,
혹은
시련의 배신 계획

the War ends the world /
raises the world
Secret File

출처 : 드래곤 매거진 2019년 3월 호

1

"이 중에 한 사람, 배신자 스파이가 있어!"

제국군 기지에서.

오늘의 회의는 미스미스 대장의 그런 한마디에 의해 시작됐다.

"──그렇게 상정하고 훈련을 하래. 사령부의 명령이야. 이스카 군, 너는 어떻게 해야 한다고 생각해?"

"너무 갑작스러운 거 아닌가요?"

미스미스 대장의 질문에 제국 검사 이스카는 어리둥절하여 고개를 갸웃거렸다.

"저, 괜찮으시다면 처음부터 차근차근 설명을……."

"이스카 군도 알지? 네뷸리스 황청의 스파이가 제도에 침입했다는 거."

세계 양대 강국의 전쟁──.

이스카와 동료들이 속해 있는『제국』은, 마녀의 낙원『네뷸리스 황청』과 100년에 걸친 전쟁을 계속하고 있었다.

그렇게 전장에서 계속 대립하면서 그 두 나라는 서로 스파이 (첩보 부대)를 적국에 침입시키려고 노력하고 있었다.

"아, 그거야 당연히 알죠. 매년 있는 일이잖아요. 제도에 설치한 감시카메라에 두세 명쯤 수상한 사람이 찍히는 일은."

"응, 맞아. 그게 아마도 네뷸리스 황청의 첩보 부대일 거야."

미스미스 대장이 고개를 끄덕거렸다.

그렇다. 적의 스파이는 이미 제국에 침입한 것이다.

"제국이라는 나라는 너무 거대하니까. 인구도 심하게 많고. 해외에서 들어오는 여행자를 전부 조사하는 것도 불가능하잖아?"

"……물리적인 한계가 있죠."

그것은 제국 병사로서 당연히 이스카도 불편하게 여기는 문제였다.

단, 제국의 가장 중요한 기밀인 군사 데이터는 아직 한 번도 빼앗긴 적이 없었다. 제국군의 철저한 보안이 스파이의 침입을 모조리 막아내는 것이다.

"방심은 할 수 없어, 이스카 군. 이 기지도 네뷸리스 황청의 스파이의 표적이 되는 것을 상정해둬야 해."

"아, 혹시 그것이…….

"응. 이번 훈련의 주제야."

그러면서 미스미스 대장이 벽에 붙어 있는 제국 지도를 가리켰다.

"이름하여 『제국군을 배신해라, 대작전』! 제국군 소속인 우리가 일부러 스파이의 입장이 되어서 제국군 기지에 침입하는 거야!"

"……그것참 참신한 시도네요."

"그렇지? 진 군, 네네야. 너희들도 알았지?"

"전부 다 이해했어. 중요한 임무군."

자신만만하게 대답한 그 사람은 방구석에 앉아 있는 은발 저격수 진이었다.

"제도에 야생 길고양이가 눌러앉아 있는 것은 확실해. 그 녀석들의 보호자를 찾아주는 것은 분명히 중요한 일이다."

"지금 길고양이 이야기를 하는 게 아니거든?!"

"그럼 들개인가?"

"그런 일은 반려동물 애호 단체에 맡겨! ……네네야, 넌 제대로 들었지?"

"응. 정확히 들었어."

이스카 옆에 앉아 있는 빨간 머리 소녀 네네가 손을 들면서 말했다.

"제도의 치한 범죄가 해마다 계속 증가한다는 것은 무서운 일이지. 네네도 밤중에 뒷골목을 걷다 보면……."

"치한 이야기도 한 적 없거든?!"

"──자, 농담은 여기까지만 하고. 요컨대 역대책을 세우라는 거잖아?"

의자에 기대어 앉아 있는 진이 몹시 귀찮다는 말투로 이야기했다.

"제국군의 보안도 언제 뚫릴지 모른다. 그러니까 그 대책의 일환으로서, 우리가 네뷸리스의 자객이 된 심정으로 제국 기지에 침입해보라는 거잖아?"

그 스파이 측으로 선택된 것이다.

미스미스 대장이 이끄는 제907부대 네 사람이.

"안 그래? 보스."

"응, 네 말이 맞아! 사령부가 말이지, 훈련용 조립식 건물 기지를 가설해줬대. 이 번화가의 안쪽에 있는 공터에."

미스미스 대장이 지도에 있는 광장을 가리켰다.

"이번 훈련은 실험이야. 우리는 스파이 진영이고. 수단 방법을 가리지 않고 어떻게든 기지의 건물 내에 도착하면 성공하는 거래."

"붙잡히지만 않으면 뭐든지 해도 되는 겁니까? 그럼, 예를 들어⋯⋯."

이스카가 반사적으로 떠올린 것은 하늘이었다.

군용 헬기를 타고 기지의 상공으로 이동하면, 기지의 벽도 통과할 수 있다.

그다음에는 낙하산을 타고 기지 쪽으로 내려가면 된다.

"아무리 그래도 헬기는 안 되겠지요?"

"된대."

"농담이죠?!"

"하지만 기지에는 방어 진영도 있으니까. 사령부가 인원수를 가르쳐주진 않았지만, 우리 스파이 진영보다는 많대."

낙하산을 타고 기지로 내려가더라도, 그 부지의 방어 부대에 붙잡힐 것이다.

"⋯⋯흠, 그래요. 그 점에 관해서는 진짜 스파이처럼, 방어 진영을 피해서 침입하기 위해 지혜를 짜내라는 건가요."

"방어 진영의 장비가 궁금하군."

그러면서 진이 의자에서 몸을 일으켰다.

"이봐, 보스. 방어 진영은 총도 장비하고 있는 거야?"

"당연하지. 폭도 진압용 고무탄이야. 게다가 수갑도 있고, 설치형 함정과 포획용 그물도 있어."

미스미스 대장의 대답을 들으면서 이스카는 살짝 얼굴을 찌푸렸다.

"……역시 어려울 것 같네요. 방어 진영의 장비는 충실하지만, 우리 스파이 진영의 무기는 제한될 테니까요."

예를 들면 이스카는 검사였다.

총을 주무기로 삼는 제국군 내에서 특이하게 검을 잘 쓰는 근접 전투원.

이 훈련에서는 도움이 안 될 것이다.

스파이라는 은밀 행동과는 정반대로, 검이라는 무기는 너무 눈에 띄기 때문이다.

"대장님, 그 외에 방어 진영에 관해서 알고 있는 정보는 있어요?"

"없어. 나도 방어 진영에 관해 사령부에 물어봤지만, '스파이 진영보다는 인원수가 많다. 장비는 제국군에 준한다'라는 것밖에 안 가르쳐줬어. ……뭐, 실은 그게 당연한 거지만."

미스미스 대장이 쓴웃음을 지었다.

철저한 정보 차단까지 포함해서 참으로 현실성 있는 훈련이었다.

"기한은 3주일. 그 기간 내에 작전을 짜서 실행하자는 거야."

"3주일이라고? 말도 안 돼."

진이 망설임 없이 고개를 옆으로 흔들었다.

"네뷸리스 첩보 부대가 지금까지도 침입에 성공하지 못했던 제 국군의 보안이잖아. 우리가 무턱대고 시도해봤자 3주일 만에 돌파하는 것은 불가능해."

"그, 그건 그렇지만…… 이번 목표물은 급조한 가설 기지라고 했거든. 또 방어 진영도 급하게 모은 팀이고."

미스미스 대장이 자기 자신을 고무시키려는 것처럼 주먹을 불 끈 쥐었다.

"괜찮을 거야! 게다가 이것은 제1회잖아? 방어 진영도 단결력이 부족해서 구멍이 있을 거야. 그 부분을 공략하면 이길 수 있어!"

"──과연 그럴까요?"

벌컥! 문이 열렸다.

전자식 잠금장치가 누군가의 접근 권한에 의해 해제된 것이 었다.

"방어에 구멍이 있다고요? 그런 낙관적인 꿈이 이루어질 것 같 나요?!"

당당하게 발소리를 내면서.

이스카 일행 네 명의 눈앞에 나타난 것은, 안경을 쓴 검은 머리 여대장이었다.

안경 너머에서──.

미스미스만큼이나 몸집이 작은 여대장이 피식 웃었다.

"잘 지냈어요? 미스미스."

"아, 피리야. 잘 지냈어?"

"내 이름은 피리가 아니에요!"

피리에 커먼센스 대장.

작년에 대장으로 승진한 젊은 여군이었다.

그 까만 머리카락과 청초한 모습은 제도의 재벌가 출신이라는 신분을 잘 체현해주는 것 같았다.

그러나———.

"본인의 능력은 최저 수준. 제국군 대장 중에서도 성적은 언제나 평균 미만. 그런 주제에 출세욕 하나는 엄청나서, 품행 방정한 척하지만, 막상 뚜껑을 열어보면 그저———."

"자, 잠깐만?! 왜 내 프로필을 해설하고 있는 거죠? 그것도 설명하는 말투로!"

"더구나 외모도 어린애 같고 수수하지. 그런 와중에 유일하게 키도, 성적도 엇비슷한 것이 우리의 대장인 보스니까. 자기 마음대로 라이벌 의식을———."

"그렇게 계속 떠들어대지 말라니까요?!"

"나는 사실을 지적했을 뿐이다."

피리에 대장이 삿대질을 하는데도 진은 주눅 들지 않고 태연하게 대답했다.

"전부 정답이잖아?"

"시, 시끄러워요! 나, 나도, 외모가 어린애 같다는 점은 신경 쓰고 있단 말이에요……. 하다못해 '귀엽다'라고 표현하세요!"

얼굴을 붉히면서도 의외로 순순히 인정하는 피리에 대장.

"어험. 아무튼 본론으로 들어가서……. 미스미스, 좀 전의 그 이야기는 내 귀로 똑똑히 들었어요!"

"응? 우리 이야기?"

"네, 이번 훈련에 관한 이야기. 스파이 진영인 당신들은 기지 방어에 뭔가 구멍이 있기를 바라는 것 같던데요."

안경을 번쩍 빛내면서.

검은 머리 여대장은 날씬한 다리를 힘차게 앞으로 내밀며 말했다.

"그건 헛된 꿈입니다. 왜냐하면 바로 나, 피리에 대장이 방어 진영 총대장으로 발탁됐기 때문입니다!"

"……뭐라고요?"

그 한마디에 이스카는 저도 모르게 놀라서 소리를 냈다.

"피리에 대장님, 그게 정말입니까?"

"후후, 경악한 나머지 입이 다물어지지 않는 것 같군요!"

의기양양해진 여대장.

한편 이스카는 미스미스 대장, 네네, 진과 둥그렇게 모여서 쑥덕거렸다.

"이게 무슨 일이람. 대장님, 우리 스파이 진영의 승리가 확정됐어요."

"그렇지~? 나도 안심했어."

"네네도 왠지 김이 빠지는걸. 그냥 구멍도 아니고, 아주 큰 구멍이 발견됐으니."

"이건 보너스 게임이잖아? 어린이는 물론이고 강아지도 돌파할 수 있는 방어야."

"이봐요, 거기 네 사라아아암!!"

억지로 끼어드는 피리에 대장.

"내가 방어 진영을 총괄한다고요. 당신들은 절망해야 하는 거 아닌가요?! 왜 그렇게 안도의 한숨을 내쉬는 겁니까?!"

"피리야, 고마워⋯⋯."

"어째서 고마워하는 거죠?! 아아, 진짜. 말로 해서 안 된다면, 나중에 실제 방어진을 보고 두려워서 벌벌 떨도록 하세요!"

방어 진영 총대장은 불쾌해하면서 이를 악물더니 그렇게 선언했다.

"당신들 스파이 진영은 30명인 데 비해, 우리 방어 진영은 총 300명. 스파이 한 명은커녕 쥐새끼 한 마리도 통과시키지 않을 겁니다!"

"아~⋯⋯ 300명이구나."

미스미스가 중얼거렸다. 실제로 스파이 측은 방어 진영의 인원수도 듣지 못했다.

벌써 치명적인 정보 누설을 해버린 피리에 대장. 그러나 본인은 당연히 그걸 몰랐다.

"미스미스, 당신도 여기서 끝나는 겁니다. 우리는 도토리 키 재기라면서 그동안 지겹게 비교를 당했잖아요? 이제 여기서 결판을 냅시다."

여유가 넘치는 피리에 대장.

"내 무적의 방어선. 돌파할 수 있으면 어디 한번 덤벼보세요!"

"좋아."

그 도발에 대해 은발의 저격수 진이 똑같이 자신만만하게 고개를 끄덕거렸다.

"내일이다."

"……뭐라고요?"

"제국군은 대규모 집단이다. 식사도 대량으로 조달하는 것은 주지의 사실. 그러니까 내일 우리는 점심밥 배달원으로 변장해서 기지에 잠입할 거다. 자신 있으면 한번 찾아봐."

"후후, 재미있네요!"

호전적인 눈빛으로 피리에 대장이 소리 높여 말했다.

"예고 범죄라는 대담무쌍한 그 패기는 우선 훌륭하다고 칭찬해드리도록 하죠……. 그러나 설령 전문가가 변장하더라도, 내 눈은 속이지 못할 겁니다."

"그래, 열심히 준비해둬."

"얼마든지 덤벼보세요. 자, 미스미스, 대결을 즐겁게 기다릴게요!"

"아…… 잠깐만, 피리야."

"그럼 잘 지내세요!"

미스미스가 붙잡을 새도 없이.

검은 머리 여대장은 쏜살같이 빠르게 회의실에서 떠나갔다.

2

다음 날.

즉, 진이 예고한 당일. 제도에서는 보기 드물게도 비가 억수같이 쏟아지고 있었다.

그리고 이스카와 동료들은 어떤가 하면.

"비가 엄청나게 온다. 저거 봐, 이스카 오빠. 창밖에 폭포가 생겼어."

"진짜네? 우리 오늘은 실내 훈련만 해서 다행이다."

편안하게 쉬고 있었다.

어제와 같은 회의실에 모여서 휴게도 할 겸 스파이 계획 작전 회의를 하고 있었다.

"있잖아, 진 군."

"응? 왜, 보스?"

캔 커피를 입에 대는 진. 미스미스 대장이 벽시계를 가리키며 그에게 말했다.

"슬슬 점심때가 다 되었는데……."

"응, 그거야 보면 알지."

"어제 피리에 대장에게 그런 말 하지 않았어? 점심밥 배달원으로 변장할 거라고. 예고했던 그 시간이 거의 다 됐는데."

"아, 그거?"

캔 커피를 마시면서 진은 진지한 얼굴로 즉시 대답했다.

"그거야 물론 농담이었지. 그걸 누가 진심으로 믿어?"

"아~ 역시 그렇지?"

"당연하잖아. 우리 스파이 진영은 30명이고 방어 진영은 300명이라고? 열 배나 되는걸. 애초에 우리가 불리한데, 굳이 작전을 가르쳐주는 멍청이가 어디 있어?"

"아, 다행이다. 난 혹시나 진 군이 진심인가? 하고 걱정했거든."

미스미스 대장이 안도의 한숨을 쉬었다.

"그런데 피리는 이상하게 의욕이 넘쳐 보이지 않았어? 설마, 진심으로······."

"그럴 리 없어. 서로 주거니 받거니 기 싸움을 하면서, 내가 농담을 하니까 상대도 농담으로 응수한 거야. 그냥 그거지, 뭐."

텅 빈 깡통이 허공을 날았다.

진은 그 방에 있는 휴지통에 깡통을 던져 넣더니 기막히다는 듯이 한숨을 쉬었다.

"제국군 대장이란 것은 아무나 되는 게 아니잖아? 어제 했던 그 엉터리 이야기를 진심으로 받아들이는 대장은 있을 리 없어."

"응, 그렇지~?"

"당연하지."

그곳에 있는 모든 사람이 그렇게 생각하는 가운데 그날 하루가
지나갔다.

다음 날.

"……그렇게 생각했었는데 말이지."

"뭐 이런 거짓말쟁이가 다 있어어어어어어?!"

얼굴이 새빨개진 피리에 대장이 회의실로 뛰어 들어왔다.

"설마 진심으로 받아들인 녀석이 있었을 줄이야."

"여, 여기서 왜~ 당신이 한숨을 쉬는 겁니까! 내가 어젯밤 그
호우 속에서 몇 시간이나 당신들의 침입을 기다렸는지 알기나
해요?!"

에취! 하고 재채기를 했다.

아마도 방어 진영의 총대장님은 어젯밤의 비 때문에 감기에 걸
리신 듯했다.

"나는 밖에서 내내 경계를 하고 있었다고요. 당신들이 점심밥
배달원으로 변장한다고 해서, 계속 지키고 있었는데!"

"그것참 고생이 많았…… 으응? 지키고 있었다고? 설마 음식
배달원을──."

"물론 한 사람도 빼놓지 않고 다 잡았지요. 수갑을 잘 채워서."

당장 폭탄 발언이 튀어나왔다.

"배달하는 여자들을 모조리 붙잡아서 소지품 검사 및 신분 확
인. 또 탈의실에서 옷을 벗기고 내가 직접 신체검사도 했어요."

"아니, 이봐. 아무 상관도 없는 일반인을 그렇게 괴롭히면 어떡해?"

"애초에 당신이 그런 말을 했기 때문이잖아요————————?!"

피리에의 절규.

"네, 당연히 온 제도의 음식점에서 클레임이 들어왔어요! 그것 때문에 밤새도록 반성문을 써야 했습니다. 사령부한테도 혼났고요. 이거 어떻게 책임질 거예요?!"

"책임지라니? 우리한테 그런 말을 해봤자……."

진은 고개를 설레설레 흔들었다.

그리고 어처구니없다는 듯이 말했다.

"이게 진짜 스파이가 아니어서 참 다행이었네. 안 그래?"

"네?"

"황청의 스파이가 가짜 범행 예고를 할 가능성은 충분히 있잖아? 그런 수법에 대해 연습을 할 수 있었으니까, 오히려 우리에게 고마워해야 하는 거 아냐?"

"……그, 그렇군요!"

헉 하고 피리에 대장은 놀라서 숨을 들이켰다.

"당신은 나에게 그것을 가르쳐주려고 일부러……."

"설마 그런 헛소리를 믿을 줄이야. 나도 깜짝 놀랐다."

"으윽, 용서할 수 없어요오오옷——!"

진에게 삿대질을 하면서.

피리에는 분노와 감기 탓에 새빨개진 얼굴로 울부짖었다.

"네, 이번에는 내가 실패했어요. 하지만 나를 화나게 만든 것을 후회하게 해줄 거예요. 유능한 내가 진짜 진심으로 임하게 되었으니, 더 이상 우리의 방어선에 사각지대는 없을 겁니다!"

이를 악물면서.

방어 진영 총대장은 힘차게 선전포고를 했다.

"각오하세요, 미스미…… 에취!"

"피리야, 너 감기 걸렸구나. 어제 비 맞아서 그런가 봐."

"그게 누구 탓이라고 생각하는 거죠?!"

―――――

그리고 며칠 후――.

이스카를 비롯한 제907부대는 한밤중에 제도 변두리에 있는 숲에 있었다.

"이 숲 전체가 제국군의 보안림이고, 우리 스파이 진영이 노리는 기지는 이 숲 안쪽에 있는 부지 내에 있다……."

맨 앞에서 걷고 있는 이스카.

그 뒤에는 미스미스 대장, 진과 네네가 있었다.

"그런데 대장님. 우리는 아직 침입 루트를 완전히 정하지 못했잖아요?"

"맞아. 오늘은 가볍게 정찰하러 온 거야."

기지로 들어가는 침입 루트는 두 개.

제도의 번화가를 통과해서 기지 정면으로 돌격하는 정석 루트.

그리고 이 숲에서 기지의 뒤쪽으로 침입하는 비밀 루트.

"……그런데 너무 갑작스럽기도 하고."

이스카 일행이 정찰 이야기를 들은 것은 바로 그날 저녁이었다.

게다가 미스미스가 그들에게 휴대하라고 지시한 물품은 참 간단했다. 이스카는 지도와 헤드램프. 진과 네네는 쌍안경과 카메라.

그리고 미스미스 대장은 통신기 하나만 덜렁 들고 왔다.

"있잖아, 대장님. 네네도 물어보고 싶었는데. 그 통신기는 어디에 쓰려는 거야?"

고개를 갸웃거리며 말을 잇는 네네.

"우리는 전원 여기에 있으니까, 통신기를 가지고 있어 봤자 원거리 통신을 할 상대가 없잖아?"

"어라? 내가 말을 안 했나?"

태평하게 대꾸하는 미스미스 대장.

"오늘은 말이지, 내 친구를 응원할 거야."

"친구?"

"응. 같은 스파이 진영의 친구."

미스미스 대장은 자신만만하게 고개를 *끄덕*이더니 통신기를 꺼냈다.

"우리 말고 다른 스파이 진영이 오늘 밤에 침입을 결행한대. 총 10인 편성. 이 숲을 통과하는 루트로 기지에 침입할 거라고 했어."

"아, 그렇군요."

이스카도 납득했다.

희한하게 돌발적으로 정찰을 하네? 하고 의아해했는데, 알고 보니 다른 팀을 응원한다는 목적이 있었다.

"그런데 대장님. 혹시 오늘 밤에 다른 팀이 침입에 성공한다면……."

"물론 스파이 진영 전체가 승리하는 거지. 훈련도 그 자리에서 즉시 끝나니까, 더더욱 최선을 다해 응원해야 해!"

미스미스 대장은 숲의 수풀을 헤치면서 나아갔다.

"파이팅! 우리 말고 다른 스파이 진영!"

"지독하게 남에게 의존하는 짓이지만, 이번에는 나도 찬성이야. 이런 훈련은 빨리 끝내는 것이 제일 좋으니까."

쌍안경을 드는 진.

"보스, 결행 부대는 언제 움직여?"

"이제 곧 움직일 거야. 아, 연락해볼까?"

대장이 통신기를 꺼냈다.

"여기는 제907부대, 대장 미스미스입니다. 예정 시각이 다 되어가는데 그쪽 상황은 어떤가요?"

『──제31부대, 대장 나그라이다. 파트너인 제602부대와 합류했다.』

통신기에서 중후한 남자 목소리가 들려왔다.

나그라 대장의 목소리뿐만 아니라 어렴풋이 부하들의 목소리도 들려왔다.

침입을 결행하는 스파이 진영 열 명. 이미 대기하고 있는 모양이다.

"지금 어디 계십니까?"

『합류 지점에서 대기 중이야. 지금부터 환경 보전 구역의「숲속의 곰 아저씨」지점을 통과해서「숲속의 토끼 씨」로 이동할 예정이다. 한 시간 후에는 **적의 기지** 뒤편에 도착할 거야. 거기서부터 진짜 싸움이 시작된다.』

대장들끼리 사용하는 통신 암호.

이「숲속의 곰 아저씨」「숲속의 토끼 씨」는 이 작전을 위해 준비된 스파이 암호일 것이다. 피리에 측이 통신을 도청하고 있을 가능성을 고려하여, 적에게 들켜도 현재 위치가 밝혀지지 않도록 해놓은 것이다.

"있잖아, 이스카 오빠.『숲속의 곰 아저씨』라는 암호. 귀엽지 않아?"

"아니, 실제로 숲속에서 곰한테 습격당했다가는 큰일……."

"쉿! 이스카 군, 네네야. 둘 다 조용히 해. 저쪽 팀이 출발한다!"

미스미스가 나무들 사이의 저 안쪽을 가리켰다.

숲속──야간 조준경이 달린 쌍안경으로 간신히 포착하는 것이 고작이었지만, 그 어둠 속에 숨어서 숲을 헤치고 나아가는 사람 그림자가 보였다.

"위장복도 완비했군. 역시 결행 부대는 본격적인 차림새를 하고 있구나.”

진이 감탄한 말투로 중얼거렸다.

“기지 뒤편까지는 접근할 수 있을 테지만, 거기서 어떻게 철조망 달린 콘크리트 벽을 넘어가려는 걸까? 솜씨를 한번 봐야겠군.”

침입 목표물인 기지 부지는 콘크리트 벽과 감시카메라로 무장된 방어 태세였다.

순찰하는 병사들도 그곳을 감시하고 있을 것이다.

고작 열 명밖에 안 되는 스파이 진영이 어떻게 그 방어를 뚫을 것인가.

“그런데 대장님, 우리는 뭐 해요?”

“우리는 여기서 대기하면 돼. ……저, 그쪽은 어때요?”

『여기는 제31부대. 삼림 루트 진행은 순조롭다.』

나그라 대장이 대답했다.

통신기 너머에서 풀을 밟는 발소리도 들려왔다.

“아, 저기, 히, 힘내세요.”

『하하, 미스미스 대장. 자네는 참 걱정도 많군.』

대장의 호쾌한 웃음소리.

스파이 진영의 결행 부대라는 것이 믿어지지 않을 정도로 자신만만한 태도였다.

『괜찮아. 왜냐하면 방어 진영의 총대장은 **그 유명한** 피리에 대장이잖아?』

“아, 피리를 아세요?”

『음, 알지. 대장 취임 당일에 반성문을 쓸 정도로 심각한 실수를 하는 녀석은 제국군 역사를 통틀어 봐도 그 친구밖에 없을 거야.』

"……아, 아뇨. 실은 저도."

『응?』

"아닙니다! 아, 아하하하, 그렇죠. 대장 취임 당일에 반성문을 쓰다니, 그런 일이 있을 리 없죠!"

『맞아. 우리 엘리트 연합 부대가, 그런 대장 실격이나 마찬가지인 꼬마 계집애의 방어를 돌파하지 못한다는 것은 말도 안 돼. 안 그래? 제군.』

통신기 너머에서 웃음소리가 들렸다.

나그라 대장뿐만이 아니었다. 스파이 진영 전원의 생각이 그러한 것이리라.

──이 임무는 식은 죽 먹기이다.

『걱정 말고 우리에게 다 맡겨.』

참으로 믿음직스러운 선언이었다.

"저, 저기요…… 그래도 일단 조심하세요. 피리는 기합이 들어간 상태이거든요."

『하하하, 정말이지 걱정이 너무 많구나. 미스미스 대장. 아무리 기합을 넣어봤자, 안 되는 것은 안───.』

펑.

그 순간, 미스미스의 통신기에서 폭발음이 들려왔다.

『크허억?!』

이어서 들리는 비명.

"어…… 대장님?! 나그라 대장님?! 무슨 일입니까?!"

『───.』

대답이 뚝 끊겼다.

"이스카 오빠, 저기 봐!"

네네가 가리킨 곳은 결행 부대가 걸어가고 있던 방향이었다.

야간 조준경으로 봤더니──.

그 수풀이 새하얀 연기로 완전히 뒤덮여 있었다.

"최루가스 발사 장치야. 수풀 속에 숨겨놨나 보군."

쌍안경을 들여다보는 진.

"그뿐만이 아니야. 저 최루가스 속에서 아무도 튀어나오지 않는다는 것은, 거기에 구덩이도 파놓은 거겠지. 전원이 빠져버린 건가."

"구, 구덩이?! 함정이라는 거야?"

미스미스 대장의 안색이 변했다.

"아니, 진 군. 여기는 환경 보전 구역이잖아? 그런 함정이 미리 준비되어 있을 리도 없고……."

"그러니까 직접 판 거겠지. 즉석에서."

"겨우 며칠 만에?! ……나그라 대장님, 응답해주세요!"

『……크윽…… 다, 당했어! 최루가스 함정이다!』

이스카 일행이 지켜보는 가운데, 최루가스 연기 속에서 덩치 큰 대장이 고통스러워하면서 튀쳐나왔다.

『게다가 사방에 구덩이가 파여 있어! ……전멸이다, 나 말고는…… 나머지 아홉 명은 모조리 구덩이에 빠져버렸다!』

"뭐, 뭐라고요?!"

"설마 이렇게 용의주도한…… 아니, 그래도 나는 아직 살아 있어!"

제국 병사로서의 사명감일까.

아니면 어린 소녀에게 질 수 없다는 오기 때문일까.

최루가스를 뒤집어썼는데도 나그라 대장은 달리기 시작했다.

──기지를 향해.

"후, 후퇴해야 하는 거 아닌가요?!"

『나한테 맡겨라. 어둠이 이렇게 짙으니까. 위장복을 입은 나라면, 아무에게도 들키지 않고──.』

번쩍.

그 순간, 강렬한 조명이 나그라 대장을 비췄다.

『이, 이럴 수가?! 적외선 조준 추적 시스템인가아앗?!』

나그라 대장의 비명.

어디서나 흔히 볼 수 있는 적외선 센서나 감시카메라 같은 것이 아니었다. 제국군이 소유한 정식 군사 장비였다.

『……믿을 수 없군. 도대체 얼마나 막대한 예산을 이 방어에 투입한 거냐!』

"나그라 대장님?!"

『크윽!』

수풀을 헤치고 도망치는 대장. 그러나 숲 일대에 설치되어 있던 감시 장치가 끝없이 그를 추적했다.

　그리고──.

　나그라 대장의 머리 위로 거대한 그물이 휙 떨어졌다.

　『으아아아아아악?!』

　"대장님, 대장님, 침착하세요!"

　미스미스가 필사적으로 그를 불렀다.

　『────.』

　통신기에서 들려온 것은 구슬픈 마지막 메시지였다.

　『……미안하다. 미스미스 대장.』

　"나, 나그라 대장님?"

　『아무래도 작별할 때가 온 것 같아. 우리는 여기서 전멸한다.』

　"뭐, 뭐라고요?! 아니, 대장님, 정신 바짝──."

　『조심해라. 저 계집애는 지금까지의 그 녀석과는 달라……. 제군들의 행운을 빈다!』

　통신 차단.

　아마도 통신이 감청돼서, 방해 전파가 기지에서 발사된 것 같았다.

　"대장님, 후퇴하죠. 어서 달아나요."

　"아, 아니, 하지만!"

　"금방 방어 부대가 달려올 겁니다. 여기 있으면 우리까지 전멸할 거예요. 동료들의 희생을 헛되이 하실 셈이에요?!"

"으윽. 미, 미안해요, 나그라 대장님. 부대원 여러분……!"

비극의 여주인공처럼.

눈물을 닦으면서 미스미스 대장도 이스카를 뒤따라 달리기 시작했다.

"그런데 저 방어 진영 녀석들, 너무 비겁하지 않아? 저렇게 예산을 잔뜩 투자해서 엄중하게 경비하고 있다는 이야기는 듣지도 못했거든?! 우리더러 도대체 어떻게 공략하라는 거야?!"

"……갑자기 제정신을 차리셨네요."

"그야 뭐, 실제로 비겁한걸!"

어두운 숲속을 달린다.

스파이 진영 열 명의 희생을 바탕으로.

미스미스가 이끄는 제907부대는 숲속에서 후퇴했다.

3

그로부터 3일 후.

"……전멸했대."

회의실에 모인 이스카 일행에게 미스미스 대장이 침통한 목소리로 그렇게 말했다.

"추가로 2개 부대가. 그 숲의 다른 루트를 통해 침입을 결행했는데, 그곳에는 발 디딜 틈조차 없을 정도로 감시 시스템과 함정이 완벽하게 설치되어 있었대."

"어마어마하게 힘을 쏟고 있네."

의자에 기대어 앉아 있는 진.

"방어 태세가 진짜 본격적이군. 우리도 진지하게 임하지 않으면 상대도 안 되겠어."

"진 군, 뭐 좋은 생각이라도 있어?"

"아무것도 없어. 굳이 말하자면, 숲에서부터 침입하는 루트는 절망적이라고 생각해."

"그렇다면……."

미스미스 대장이 놀라서 숨을 들이켰다.

"설마, 정면으로 돌격하는 정석 루트로 가자고?"

"그래. 그것도 일반인으로 변장해서. 평소 입는 사복 차림으로, 장비도 하나도 없이."

"그, 그래도 괜찮을까……?"

"있잖아, 네네도 그 수밖에 없다고 생각해."

그러면서 네네도 제국 시가지의 지도를 펼치고 말했다.

"상대는 그 피리에 대장이잖아? 분위기를 보니까 아마 금속탐지기도 준비해놨을 거야. 통신기나 쌍안경도 휴대하고 있기만 해도 금방 걸릴 거야."

"……알았어. 작전은 일반인으로 변장하는 방침 쪽으로 생각해볼게."

우선 일반인으로 변장——.

제도의 시가지를 당당하게 활보하면서 당당하게 기지 정면 게이트로 향한다.

　단, 문제는 그다음부터였다.

　"그런데 진 군. 정면 게이트에 도착한 다음에는 어떻게 해?"

　"기합으로 돌파해야지."

　"왜 거기서만 갑자기 정신력 만능주의야?!"

　"아니 뭐, 어쩔 수 없잖아? 뒤쪽의 숲을 그토록 철저하게 방어하고 있으니까. 앞쪽도 당연히 그럴 거 아냐?"

　"그, 그건 그렇지만……."

　"음, 미끼 작전을 써볼까. 보스가 최루가스를 뒤집어쓰는 동안에 우리가 벽을 기어 올라가는 정도는 가능할 거야."

　"농담은 그만해, 응?! 게다가 왜 하필 대장인 내가 미끼가 되는 건데?!"

　"자신을 희생하는 것도 대장의 사명이잖아?"

　"아앗, 싫어어어엇──!!"

　부하 진의 눈빛은 진지했다. 그 앞에서 미스미스는 진심으로 비명을 질렀다.

4

　휘황찬란한 네온의 거리──.

　저녁 식사 시간이라 혼잡해진 거리에 숨어든 이스카 일행은 제도의 번화가를 걷고 있었다.

"······드디어 오늘 밤이 결전의 순간이야."

심각한 눈빛으로 이야기하는 미스미스 대장.

평소에 입는 전투복 대신에 예쁜 원피스를 입고 있었다.

"생존한 스파이 진영은 이제 열 명밖에 안 남았어. 우리 부대가 네 명이고, 나머지 한 부대가 여섯 명이야."

"그 부대도 동시 결행을 한다는 거죠?"

옆에서 걷고 있는 이스카는 셔츠 차림이었다.

뒤에 있는 진도 비슷하게 가벼운 복장이었고, 네네는 그 나이 여자애다운 스커트를 입고 있었다.

완벽했다.

객관적으로 볼 때 그들은 번화가를 돌아다니는 평범한 젊은이처럼 보일 것이다.

"보스가 젊어 보이는 게 다행이네. 외모만 보면 제일 젊어 보여."

"······진 군. 스물두 살 난 여자는 젊어 보이는 게 아니라 실제로 젊은 거거든? 아무튼 우리는 이 번화가를 가로질러 갈 거야. 제도 기지까지 일직선으로."

진행 방향을 똑바로 가리키는 여대장.

그러더니 품속에서 통신기를 꺼냈다.

"여기는 제907부대, 대장 미스미스입니다. 상황은 어떤가요?"

『기구 2사 제871부대, 대장 벤이다. 이쪽도 번화가를 가로질러 가고 있다.』

통신기에서 응답이 있었다.

스파이 진영은 둘로 갈라져서 번화가 좌우를 통과해 기지로 가는 중이었다.

『우리는 하루 일을 마친 사회인으로 변장했다. 양복 차림이야.』

"작전대로군요."

『그래. 게다가 우리는 제국군과 거래하는 실재 회사의 문서 복사본을 준비했다. 제국군의 총무 담당자와 만나기로 약속한 회사원이라는 시나리오야.』

"……그렇게까지 했으면."

『음, 그래. 틀림없이 정면 게이트는 통과할 수 있을 거다.』

그야말로 진짜 스파이였다.

은밀 행동으로 침입을 시도하는 것이 불가능하다면, 차라리 당당하게 정면으로 들어가 버리자. 그런 작전이었다.

"골인 지점은 기지 입구지요?"

『맞아. 한 사람이라도 문에 손이 닿으면 우리 스파이 측 전원의 승리이다.』

"알겠습니다. 그럼 저희는 마음 놓고 미끼가 될게요!"

기지의 벽 근처에서 일반인인 척하면서 소란을 피워 병사들의 주의를 끄는 것이 미스미스 부대 네 사람이고.

실제로 침입하는 것은 벤 대장을 비롯한 여섯 사람이다.

"우리 열심히 해봐요, 대장님!"

『하하하, 그래. 우리에게 맡겨둬, 미스미스 대장.』

벤 대장은 여유롭게 대답했다.

그러나 미스미스 대장은 그 말을 듣고도 여전히 불안한 눈빛이었다.

"하, 하지만, 얼마 전에 전멸한 나그라 대장님도 똑같이 호기로운 모습을 보여주셨는데……."

『선발 부대가 전멸했던 것은 강경 수단으로 인한 작전 실패야. 하지만 지금 이 작전이라면 실패할 이유가 없어.』

"……그런가요."

『흠. 뭐, 어쨌든 상대는 **그 유명한** 피리에 대장이니까. 엘리트 부대인 우리가 그런 꼬마 계집애에게 질 리가 없잖아?』

"아, 네……."

점점 더 기시감이 느껴지는 대화였다.

나그라 대장이 이끄는 부대가 그렇게 방심하다가 전멸해버린 광경은, 지금도 이스카 일행의 머릿속에 선명하게 남아 있었다.

"정말로 조심하셔야 해요, 알았죠?"

『하하하. 미스미스 대장은 정말 걱정이 많구나. 우리가 이런 회사원으로 변장한다는 것은, 하느님도…… 하느님도………….』

지직, 지직.

그 순간, 통신기에서 거슬리는 잡음이 들렸다.

"어? 저기요, 벤 대장님?"

『이, 이럴 수가!』

통신기 너머에서 초조해하는 목소리가 들려왔다.

『통신 전파 방해인가?!』

『——후후후, 너무 방심한 거 아닌가요? 벤 대장님! 그리고 미스미스!』

미스미스 못지않게 어린 목소리가 번화가의 스피커를 통해 울려 퍼졌다.

『당신들 스파이 진영 열 명이 오늘 밤에 우리에게 도전하리라는 것은 다 알고 있어요!』

『뭐, 뭐야, 피리에 대장인가?!』

벤 대장의 통신은 이미 도청당하고 있었다.

『말도 안 돼. 우리가 작전을 짠 장소는 **여기**라고. 이 번화가에서, 회사원들끼리 회의하는 척하면서 계획을 진행해 왔어. 절대로 들킬 리 없어!』

『그래서 방심했다고 말하는 거예요. 당신들이 카페에서 진행했던 작전회의는 전부 다 우리에게 들켰는데.』

『……뭐라고?!』

『주위를 한번 둘러보세요.』

쓰윽.

번화가를 걷고 있던 민중이 일제히 걸음을 멈추고 이쪽을 돌아봤다.

『제가 고용한 제국 흥신소 사람들입니다. 이렇게 많은 탐정이 통행인인 척하면서 벤 대장을 항상 미행하고 있었던 겁니다.』

『이렇게 많은 사람을 고용했다고?! 맙소사, 그러려면 얼마나 막대한 예산이…….』

『아하하하! 우리 일족이 재벌이라는 사실을 잊어버린 겁니까?』

승리를 확신한 피리에 대장의 높은 웃음소리.

『여기서 당신들 스파이 진영을 전멸시키면, 나에 대한 사령부의 평가도 급상승할 겁니다. 내 명예를 위해서라면 다소의 지출은 아깝지도 않아요!』

『……펴, 편법이잖아?! 그렇게 돈을 막 쓰는 작전이 허용될 것 같아?!』

『전쟁이란 것은 본디 예산에 좌우되는 겁니다. 자, 이제 저들을 체포하세요. 방어 진영 A팀!』

통신기 너머에서 폭발음이 들렸다.

이어서 단말마가 들려왔다.

『으아아아아악!』

"벤 대장님?!"

『───────.』

대답이 없었다.

"대, 대장님…… 대장님?!"

미스미스의 비통한 외침 소리가 울려 퍼졌고.

이윽고 통신기에서 들려온 것은 최후의 슬픈 메시지였다.

『……미안하다. 미스미스 대장.』

"저, 벤 대장님?"

『아무래도 작별할 때가 온 것 같아. 우리는 여기서 탈락하지만, 자네들만이라도 살아남기를 바란다. 행운을 빈다!』

"벤 대장님―――?!"

통신 차단.

아마도 이 번화가 어딘가에서, 방어 진영에게 구속된 여섯 사람이 기지로 끌려가고 있을 것이다.

『후후. 기지에 왔을 때 붙잡는 것이 아니라, 가까이 다가오기도 전에 붙잡는다. 이 정도면 완전히 스파이의 침입을 허락하지 않는다고 할 수 있죠!』

의기양양해진 피리에 대장.

『자, 미스미스. 드디어 자웅을 겨룰 때가 왔습니다. 이제는 당신들 네 사람만 남았어요. 정정당당하게 대결해봅시다.』

"이게 어디를 봐서 정정당당한 거니, 피리야?!"

『지혜를 활용한 거죠.』

"돈을 활용한 거잖아?!"

사령부에서 내준 예산뿐만 아니라 막대한 자산까지 동원한 압도적 제압.

그야말로 무법자였다.

『자, 방어 진영 B팀. 미스미스를 체포하세요!』

저벅저벅 울려 퍼지는 군화 소리.

이스카 일행 넷을 에워싸는 형태로, 번화가 뒷골목에서 중무장한 제국 병사들이 줄줄이 튀어나왔다.

20명. 아니, 30명 이상.

"대장님, 뛰어요! 이러다 포위당할 거예요!"

"으, 응!"

밤의 번화가를 전속력으로 달렸다.

달려가는 방향은 당연히 피리에가 대기하고 있는 제국 기지 쪽이었다.

"이스카 오빠, 앞에서도 오고 있어!"

"윽! 네네. 그쪽의 좁은 뒷골목으로 빠져나가자!"

사람 한 명이 간신히 지나갈 정도로 좁은 길로 쏙 들어갔다.

여기서는 많은 사람이 한꺼번에 쳐들어오지도 못할 테고, 어두운 그늘 속에 숨으면 들키지도 않을 것이다.

"헉…… 헉…… 이, 이건 비겁하지 않아? 우리 스파이 진영은 네 명인데, 저쪽은 도대체 몇십 명이야?!"

"대장님, 쉿. 소리가 다 들리겠어."

벽에 붙어서 숨은 미스미스 대장과, 어두운 그늘 속에서 상황을 살피는 네네.

"이대로 숨바꼭질을 해야겠네. 가만히 숨어서, 방어 진영이 조급해질 때까지 기다──."

"어이, 잠깐만."

진이 불쑥 중얼거렸다.

자기들이 방금 도망쳐 온 방향의 좁은 통로를 노려보면서.

"지금 무슨 소리가 들렸어."

"응? 진 오빠, 뭔데?"

"……**개 짖는 소리**다."

멍멍! 하는 귀여운 소리가 아니었다.

크르르릉 하고 송곳니를 드러내면서 으르렁거리는 사나운 대형견의 소리──.

"목표물 발견!"

이스카 일행이 숨어 있는 뒷골목으로 확! 하고 빛이 들어왔다.

병사가 붙잡고 있는 것은 총이 아니라 대형 군용견의 목줄이었다.

"사냥개 부대?!"

"아니, 잠깐만. 아무리 그래도 이건 너무 심하잖아?!"

이쯤 되니까 진도 크게 당황했다.

상대는 군용견이다. 목표물이 어디에 숨어도, 저놈은 희미한 냄새만 맡고 추적해온다.

"꺄아아악?!"

"네네야, 왜?!"

"네네의, 네네의 스커트가앗!"

두 마리 개가 치맛자락을 물어뜯은 것이었다.

네네가 그놈들을 떨쳐 내려고 움직이는 바람에 스커트가 위로 올라갔다. 길게 뻗은 다리의 허벅지가 노출됐다.

"꺄악! 이스카 오빠, 진 오빠, 둘 다 보지 마아아앗!"

네네의 얼굴이 순식간에 빨개졌다.

"으아아아앙! 네네는 이런 부끄러운 역할은 어울리지도 않는단 말이야! 노릴 거면 미스미스 대장님을 노려!"

"네네야, 그게 무슨 뜻이야?!"

"으흐윽, 내가 좋아하는 스커트였는데……!"

네네는 휴대하고 있던 나이프로 자기 스커트의 끝자락을 잘라냈다.

그리하여 천을 물어뜯었던 개한테서 탈출. 또다시 뒷골목을 달리기 시작했다.

"이스카 군, 어쩌지?!"

등 뒤를 힐끔 보면서 그렇게 말하는 미스미스 대장.

"이러면 도망칠 수 없잖아?! 기지에 도착하기도 전에 포위당할 거야."

"……두 팀으로 갈라집시다."

망설일 시간은 없었다.

즉시 고뇌에 찬 결단을 내린 이스카는 길모퉁이를 가리켰다.

직진하느냐, 옆으로 꺾어지느냐.

"나와 진은 똑바로 뛸게요. 네네와 미스미스 대장님은 몰래 저 모퉁이를 돌아서 탈출하세요."

"이, 이스카 군, 그래도 돼?!"

"남을 걱정할 여유가 있으면 자기 걱정이나 해. 어서 가, 보스, 네네."

행동을 개시한 진이 달리기 시작했다.

이어서 이스카도 달렸고.

간격을 좀 두고, 미스미스 대장과 네네가 둘이서 길모퉁이로

향했다.

그런데——.

"앗?!"

진과 이스카는 동시에 소리를 질렀다.

군용견과 병사로 구성된 사냥개 부대가, 모퉁이를 돌아 네네와 미스미스를 추격하기 시작한 것이다.

"우선 미스미스 대장님부터 노리는 건가?!"

"이스카, 우리도 별동대에게 쫓기고 있어. 자, 뛰어!"

부디 무사하기를——.

네네와 미스미스 대장을 다시 만나기를 기원하면서 이스카는 뒷골목에서 번화가의 큰길로 뛰쳐나갔다.

"찾았다!"

"윽, 딱 마주쳤군……!"

쫓아오는 제국 병사.

그러나 달리기 속도는 이쪽이 더 빨랐다.

"진, 저 녀석들은 걸음이 느려."

"저렇게 중무장을 하고 있으니까. 이쪽은 경장이잖아? 이대로 계속 뛰면 따라잡히진 않을 거야."

그렇게 말하는 진의 코앞을——.

횡! 하고 고무탄이 스쳐 지나갔다.

폭도 진압용 고무탄. 진짜 제국군 총탄이었다.

"저격 부대까지 있는 거야?!"

진의 얼굴이 창백하게 질렸다.

"아마도 건물 옥상일 거다. 방어 진영이 탁 트인 곳으로 우리를 유도하고, 저격수가 그걸 노린 거지."

"진, 이쪽이야!"

건물 그늘을 따라 이동했다.

등 뒤에는 중무장한 방어 부대. 머리 위 건물에는 군인 저격수.

"평소에 하는 훈련보다도 더 가혹하잖아?!"

"제기랄, 도대체 얼마나 심혈을 기울인 거냐?!"

번화가를 가로질러 무조건 북쪽으로 달렸다. 이윽고 이스카 일행의 눈앞에 빌딩 숲이 끊기는 지점이 보였다.

이 언덕길을 끝까지 뛰어 올라가면 기지가 나온다.

"저기 있다, 스파이 진영이야!"

등 뒤에서 들리는 병사의 목소리.

"저격 팀. 쏴라, 앨리스——."

"앨리스라고?!"

귀에 들어온 그 이름에 이스카는 반사적으로 그쪽을 돌아봤다.

——빙화의 마녀 앨리스리제.

네뷸리스 황청의 제2왕녀이자, 이스카의 전장의 라이벌이었다.

"……설마 앨리스가 있는 건가?"

"이스카, 멈추지 마!"

진의 노성에 퍼뜩 정신을 차렸다.

이스카가 돌아본 곳에는 빙화의 마녀 앨리스리제는 없었다. 그곳에 있는 것은, 총을 겨누고 있는 완전히 딴 사람인 여군 저격수였다.

"동명이인이잖아?!"

허둥지둥 언덕길을 뛰어 올라갔다.

상야등 불빛을 받아서 희미하게 모습을 드러내는 제국군 기지──.

"이스카 오빠, 진 오빠!"

"네네?! 무사했구나."

똑같이 언덕을 뛰어 올라오는 네네와 미스미스 대장.

무사하다는 사실을 확인하고 안도의 한숨을 내쉬었지만, 그 두 사람 뒤에서는 맹렬하게 짖어대는 개 울음소리도 들려왔다.

"앗?! 그렇게 애써서 따돌렸는데, 벌써 사냥개 부대가 쫓아왔네?!"

"네네야, 서둘러!"

네 사람이 합류했다.

언덕길을 뛰어 올라갔더니, 그들의 눈앞에서는 실시간으로 자동문이 닫히고 있었다.

"문이 닫히는데?!"

"뛰어들어!"

구르듯이 기지의 부지 안으로.

문틈을 슬라이딩으로 통과해서 마침내 네 사람은 부지 안으로 침입했다.

"좋아! 얘들아, 이제는 저 기지의 문을 건드리기만 하면 승리하는 거야!"

미스미스가 발을 내디뎠다.

"보스, 기다려!"

그걸 막는 진. 미스미스의 손을 붙잡고 제지했다.

"지, 진 군? 왜 그래……?"

"자세히 봐. 잔디밭이 군데군데 부자연스럽게 불룩 솟아 있잖아?"

"뭐?"

"자, 이거 봐."

진은 돌멩이를 주웠다. 그리고 눈앞의 잔디밭을 향해 힘차게 돌멩이를 던졌다.

──삐빅.

작은 전자음.

쾅! 하고 대량의 흙모래를 날리면서 잔디밭이 폭발했다.

"지, 지뢰?!"

"여기저기 묻혀 있어. 똑바로 뛰어가면 반드시 밟게 된다."

『──후후후.』

제국 기지에서 스피커를 통해 익숙한 목소리가 울려 퍼졌다.

『갖은 고난을 이겨내고 여기까지 잘 도착했습니다. 미스미스. 과연 내 숙적이라고 할 만해요.』

방어 진영의 총대장 피리에.

이 자리에는 없지만, 감시카메라로 이쪽을 엿보고 있는 것이 확실했다.

『그러나 이 파티도 이제는 끝입니다. 여기서 당신들은 아름답게 패배하는 겁니다.』

쿠우우우웅…….

장엄한 분위기를 자아내면서 거대한 그림자가 기지 뒤편에서 등장했다.

『마지막에는 내가 직접 등장합니다.』

"헉, 전차잖아?!"

제국 육군 UTV-70X형.

건물을 몇 초 만에 벌집으로 만들어버리는 중기관총 탑재, 또 전투차 방어 시스템 탑재.

『자, 미스미스.』

전차에서 들려오는 피리에의 목소리.

틀림없이 눈앞에 있는 전차에 탑승한 것이리라.

『드디어 정정당당하게 결전을 벌이게 되었군요!』

"전차와 인간의 싸움이 어디가 정정당당해?!"

『전쟁은 그 싸움이 시작되기 전부터 결말이 난 것입니다. 철저한 준비야말로 전투의 핵심이지요.』

"그럼 정정당당한 싸움은 뭔데?"

『그냥 이기면 되는 겁니다!』

"와, 솔직하네?!"

『각오하세요!』

무자비하게 움직이기 시작하는 전차.

거대한 캐터필러가 가동되더니 잔디를 마구 짓밟으면서 이쪽으로 돌격했다.

"우와, 온다! 이스카 오빠!"

"맨손인 나더러 어쩌라는 거야?! 대장님, 어떻게 좀 해봐요!"

"나도 안 돼, 못 해!"

"이건 무조건 도망치는 수밖에 없잖아?!"

전력으로 도망치는 이스카 일행.

비무장 상태인 인간이 최신식 전차를 상대로 이긴다는 것은 도저히 불가능했다.

"큰일 났어요, 대장님. 벽이 코앞에 있어요. 궁지에 몰렸다고요!"

"우리 지금 죽기 직전인 거야?!"

벽 근처로 모이는 이스카 일행.

그곳으로 피리에의 전차가 접근하더니.

『자, 그만 포기하세요. 이것이 나와 당신의 결정적인 차이입니다.』

"인간과 전차의 차이 아니야?!"

『그거여도 상관없어요. 이기기만 하면──.』

찰칵.

그 순간, 미스미스의 부대 네 사람에게 접근하던 전차가 뭔가를 밟았다.

삐, 삐, 삑.

울려 퍼지는 전자음.

들어본 적 있는 소리가 몇 번이나 연속적으로 메아리쳤다.

『어라?』

피리에의 의아해하는 목소리.

그때 이스카 일행이 주목한 것은 전차의 아래였다. 불룩 튀어나와 있는 지면의 **그것**을, 거대한 차량이 멋지게 밟고 있었다.

"……이봐."

"……설마, 피리야……."

불길한 예감이 들었다.

왜냐하면 전차가 밟은 **그것**은 한 개가 아니었기 때문이다. 캐터필러가 네 개나 되는 그것을 동시에 밟은 것이다.

『이, 이럴 수가?! 내가 설치한 지뢰를 내가 밟아버렸네요?!』

"앗, 역시―――――――?!"

"피리야, 뭐 하는 짓이야?!"

"멍청아, 자기가 설치한 함정에 걸리지 마! 도망쳐, 폭발한다!"

전속력으로 멀어지는 이스카 일행.

『자, 잠깐만. 나만 놔두고 가지 말아요?! ……아, 아앗, 아, 안 돼애애애애앳―――?!』

대폭발.

구슬픈 비명을 남기면서 피리에 대장은 전차와 함께 날아가 버렸다.

5

그다음 날.

제국과는 멀리 떨어져 있는 네뷸리스 황청의 어느 방 안에서.

"제도에서 대폭발이 일어났다고?"

시종 린에게 가져오라고 한 정보지의 기사를 접하고, 앨리스는 놀라서 소리를 질렀다.

앨리스리제 루 네뷸리스.

제국 사람들이 최강 클래스의 마녀로서 두려워하는 왕녀였다.

"린, 자세히 설명해봐."

"네. 앨리스 님. 폭발 지점은 제국의 기지 내부라고 합니다."

린은 긴장한 표정이었다.

"아마도 무슨 사고일 겁니다. 기지 내에서 전차가 달리고 있었다는 목격담도 있습니다. 전차가 폭주한 게 아닐까? 하고 예상하고 있습니다만……."

"아냐, 린. 사건의 이면을 꿰뚫어 봐야 해."

정보지를 손에 든 채 앨리스는 자신만만하게 큰 소리로 말했다.

"그건 함정이야. 아마도 그것은 자폭으로 위장한 폭파 실험. 틀림없이 제국군의 극비 병기 개발일 거야."

"……뭐, 뭐라고요?!"

"그 유능한 제국군이 자폭하다니. 그런 초보적인 실수를 할 리 없잖아? 이스카가 있는 제국군이라고."

　전직 사도성 이스카.

　앨리스가 전장에서 싸웠다가 유일하게 무승부로 끝냈던 검사. 그가 속해 있는 제국군이 그렇게 얼빠진 자폭을 할 리 없었다.

　"제국은 역시 위험한 상대야. 앞으로도 격렬한 전쟁이 이어질 테지……."

　설마──.

　설마 그것이 진짜 제국군의 자폭일 것이라고는 상상도 못 한 앨리스는, 새삼스럽게 「제국 타도」를 다짐하는 것이었다.

　"각오하고 있어, 이스카!"

━━━━━━━━━

　같은 시각.

　"불타버렸네……."

　"여기저기 퍼져 있는 지뢰에 불이 붙었으니까. 조립식 기지도 홀랑 타버렸지."

　"우리는 용케 무사했구나……."

　제도 융메룽겐.

　이스카 일행은 다 타버린 기지 부지를 멍하니 바라봤다.

　오늘은 휴일──.

　그러나 이스카 일행의 손에는 빗자루와 쓰레받기가 들려 있었다.

"스파이 진영도 방어 진영도 다 함께 사이좋게 뒷정리를 하게 되었으니…….”

"나 참. 귀중한 휴일인데.”

"……피리가 너무 기합을 넣어서 그래.”

"아닙니다! 근본적으로 따지자면 당신들이 끈질기게 버텨서!”

붕대를 감고 있는 피리에 대장.

"피리야, 넌 쉬지 그래? 화상 입어서 아프지 않아?”

"……시끄러워요. 이것은 총대장으로서 당연히 해야 할 뒤처리입니다.”

부지런히 청소하는 피리에 대장.

지뢰 폭발에 휘말려 화상을 입었지만, 책임자로서 그 누구보다도 먼저 뒤처리를 시작한 것도 실은 피리에 대장이었다.

"이 패배에서도 또 교훈을 얻게 되었어요. 두고 봐요. 다음에는 절대로 안 질 테니까요, 미스미스.”

흥! 하고 뾰로통하게 뺨을 부풀리는 여대장. 그 옆얼굴을 물끄러미 바라보더니.

"피리야, 너 귀엽다.”

"네?!”

"그래서 미워할 수 없다니까.”

그러면서 미스미스는 쓴웃음을 지었다.

File.03

너와 나의 최후의 전장,

혹은

파란의 가장 대회

the War ends the world /
raises the world
Secret File

1

마녀의 낙원——.

그런 별명으로도 불리는 네뷸리스 황청의 궁전에서.

"아아, 싫어! 더는 못 해!"

산더미처럼 쌓인 서류를 앞에 두고 앨리스는 비명을 지르고 있었다.

"지난 일주일 동안 쭉 이랬잖아. 서재에서 내 이름을 적는 일밖에 안 했어! 너무 지루해서 졸리고, 계속 앉아 있어서 등이랑 허리도 아프고……!"

앨리스리제 루 네뷸리스.

눈부신 금빛 머리카락과 사랑스러운 외모가 잘 어울리는 제2왕녀였다. 하지만 그 화사한 모습과는 정반대로, 현재 앨리스는 울먹이면서 하소연을 하고 있었다.

"이거 봐, 린! 펜을 너무 오래 쥐어서 손가락이 빨갛게 부었어!"

"그것이 왕녀의 소임입니다."

그렇게 단호하게 대답한 사람은 가정부 차림을 한 소녀 린.

앨리스의 시종 겸 호위병이었다.

"저기, 린. 나 같은 나이의 소녀가 어깨 결림과 요통으로 고생한다는 게 슬프지도 않아?"

"슬프지 않습니다."

"슬퍼해줘! ……어휴, 그럼 적어도 휴식은 하게 해줘. 자유롭게 왕궁 밖으로 나가고 싶어. 놀러 가자, 응?!"

"알겠습니다. 곧 준비하겠습니다."

"그래, 역시 안 되는구나. 굳이 말하지 않아도 알…… 어?"

예상과는 다른 대답에 앨리스는 어리둥절하여 눈을 깜빡거렸다.

"린, 방금 뭐라고……."

"외출하고 싶으시다면 준비하겠습니다. 마침 앨리스 님에게 잘 맞는 일도 있고요."

"나에게 잘 맞는 일이라고?"

"네, 카니발(가장 축제)에 참가합시다."

스케줄 수첩을 꺼내는 린.

거기 적혀 있는 왕녀 앨리스의 공무를 확인하면서 말을 이었다.

"핼러윈이라는 행사와 비슷한 겁니다. 관광객들이 모두 다 가장을 하고 퍼레이드에 참가하는 축제가 있거든요."

"……어디서?"

"바칠루스 시국(市國)이라는 곳인데요. 아십니까?"

"제국의 속국이잖아?!"

저도 모르게 큰 소리가 튀어나왔다.

세계 양대 강국 중 하나인『제국』──앨리스와 동포들을 마녀라는 멸칭으로 부르는 적국이자, 이 황청과는 현재 전쟁을 벌이고 있는 국가였다.

린이 언급한 나라는 그 제국의 산하에 있었다.

"바칠루스 시국은 작은 나라입니다. 수입원은 오로지 관광이

지요. 다음 주에는 국가적 행사인 카니발이 개최될 거예요."

"저, 그런데. 린? 아무리 축제라고 해도 적국은 위험해."

관광국은 입국 심사가 엄격하진 않을 것이다.

그러나 앨리스가 마녀 공주라는 사실이 알려진다면 경비대가 덮쳐올 것이다. 어쩌면 제국의 병사도 있을지도 모른다.

"걱정 마세요. 순수하게 카니발에 참가하는 것이 목적이니까요."

"싸움이 목적은 아니라는 거지?"

"네. 카니발에서는 관광객 대다수가 가장을 하고 퍼레이드에 참가합니다. 가장으로 얼굴을 숨길 수 있으니까, 저도 앨리스 님도 당당하게 시내를 활보할 수 있어요. 적정(敵情)을 시찰할 좋은 기회입니다."

"……아, 그렇구나."

나름대로 중요한 임무였다.

적국의 카니발에 참가하여 적정 시찰. 이런 서재에 틀어박혀 있는 것보다는 확실히 앨리스에게 더 잘 어울렸다.

"카니발 옷은 어떻게 해?"

"현지에 대여점이 있습니다. 앨리스 님과 저의 옷을 예약할게요. 혹시 원하시는 의상이 있나요?"

"글쎄. 이왕 가장할 거면 아주 화려하게 하고 싶어."

얼굴만 숨긴다면 네뷸리스 황청의 왕녀라는 사실은 들키지 않을 것이다.

그런데 마음에 걸리는 것이 하나 있었다.

"있잖아, 린. 그 바칠루스 시국이란 곳은 제국의 산하잖아? 제국군이 주재하고 있는 거 아냐?"

"있어도 그 숫자는 많지 않습니다. 카니발 도중에 마주칠 가능성은 작을 거예요."

"……이스카도 참가할까?"

"네? 앨리스 님, 방금 뭐라고 하셨죠?"

"아, 아니, 아무 말도 안 했어!"

무심코 입 밖에 낸 것은, 제국군에 소속된 검사의 이름이었다.

사도성 이스카──.

앨리스가 전장에서 유일하게「무승부」를 기록했던 라이벌. 그러니까 언젠가는 반드시 결판을 내야겠다고 생각하고 있는데.

"이스카도, 설마 그 현지에 파견되지는 않겠지?"

창문을 바라보면서.

앨리스는 그렇게 중얼거렸다.

2

세계 최대 군사 국가「제국」.

그 군사기지에서.

"얘들아~ 이번 주말에는 출장 가는 거 알지?"

"카니발 경비요? 네, 분명히 기억은 하는데요. 희한한 임무네요."

검은 머리 제국 검사 이스카는 여대장을 돌아보면서 말했다.

"우리가 바칠루스 시국으로 출장을 간다고요?"

"응, 맞아. 우리도 관광객처럼 가장하고 카니발 인파 속에 숨어들 거야."

여대장 미스미스가 고개를 끄덕거렸다.

앳된 얼굴과 아이처럼 작은 키. 하지만 이래 봬도 제국군 부대를 통솔하는 여군이었다.

"저기, 대장? 우리는 거기서 뭘 어떻게 해야 해?"

회의실 구석——.

빨간 머리 소녀 네네가 의자에서 벌떡 일어나면서 말했다.

"관광객처럼 가장을 하고…… 카니발 경비를 도우라는 거야? 축제에서 난동을 부리는 주정뱅이를 체포하라는 건가?"

"그건 현지 경비대가 해야 할 일이지. 우리 제국 군인의 관할은 아니야."

그렇게 대꾸한 사람은 은발 저격수 진이었다.

검사 이스카, 대장 미스미스, 네네와 진.

이렇게 네 사람이 한 부대였다.

"우리 제국 군인이 원정을 나간다면, 당연히 상대는 네뷸리스의 성령술사일 거다. 그쪽의 스파이가 카니발을 노리고 입국한다는 정보라도 있는 건가?"

"응, 맞아. 정답이야."

진의 질문에 미스미스 대장이 고개를 열심히 끄덕거렸다.

"실은 작년에도 그랬대. 카니발에 수상한 관광객이 있었는데,

그게 적정 시찰을 하러 온 황청의 마녀가 아닐까…… 하는 거지."

"아, 그렇군요. 그래서 우리에게 원정을 시키려고……. 저, 하지만 어려운 일이잖아요?"

북적북적한 카니발을 상상하고 이스카는 한숨을 쉬었다.

바칠루스 시국의 카니발은 수만 명이나 되는 관광객들이 몰려드는 일대 이벤트였다.

거기에 숨어든 스파이를 찾아낸다는 것은, 사막 위에 있는 개미 한 마리를 찾아내는 것과 비슷한 난이도일 것이다.

"찾기도 힘들고, 붙잡기는 더더욱 힘들 것 같은데요."

"나 참. 게다가 나와 이스카까지도 카니발 참가자처럼 가장을 하라는 거야? 이봐, 너무 수고로운 거 아냐?"

의자에 기대어 있는 진이 정말로 귀찮다는 듯이 한숨을 쉬었다.

"어, 그래서? 그 중요한 변장이란 것은 어떻게 하는데?"

"네네가 카탈로그를 가지고 있어. 자, 진 오빠. 이거 봐!"

가방 속에서 두툼한 카탈로그를 꺼내는 네네.

"이거, 이거! 제일 인기 있는 것은 이 커다란 검은 모자 마녀이고, 두 번째로 인기 있는 것은 여기 있는 귀여운 악마야. 또 그다음 페이지에 있는 것은, 굉장히 본격적인 호러 분장을 한 미라랑 좀비!"

"전부 다 몬스터잖아."

"가장 축제니까 그렇지. 이스카 오빠는 뭐로 할래? 여기 이 늑대인간이 어울릴 것 같은데."

"응, 나? ……고민되네. 나도 이런 것은 처음이라."

가장 견본도 수십 가지나 되었다.

무엇으로 할지 정하는 것도 힘든 일이었다.

"얼굴을 숨길 수 있는 것이 좋겠어. 적의 스파이에게 들키지 않도록."

문득 어떤 생각이 떠올랐다.

황청에서 오는 스파이는 누구일까. 이런 카니발에 숨어 들어온다면, 역시 「마녀」의 이미지와는 전혀 다른 미소녀가 유력한 후보일 것이다.

……이를테면.

……앨리스 같은 사람?

이스카가 전장에서 싸웠던 「빙화의 마녀」 앨리스리제.

적국의 왕녀인 앨리스는 정체만 숨긴다면 이 세상 어디에서나 미소녀 모델로서 활약할 수 있을 정도로 뛰어난 미모의 소유자였다.

"카니발에서도 앨리스는 틀림없이 빛날 텐데…… 아니, 설마. 오지는 않겠지."

이스카는 머리를 흔들었다. 그리고 어떤 가장을 할지 정하는 작업에 집중했다.

3

바칠루스 시국.

카니발 당일——.

겨우 열두 개의 거리로 구성된 이 나라에서는, 해가 뜨기도 전에 이미 가장 퍼레이드의 행렬이 길 전체를 뒤덮고 있었다.

그곳의 광장에서——.

"이이이, 이 의상은 뭐야?!"

대형 여자 탈의실.

시종인 린이 건네준 의상을 본 앨리스는 크게 소리를 질렀다.

"이건 금시초문이야. 도대체 이…… 붕대 같은 옷은 뭐야?!"

"붕대 같은 것이 아니라, 진짜 붕대입니다."

"대체 왜?!"

"미라 소녀의 복장이니까요."

그렇게 대답하는 린은 벌써 자기 의상으로 갈아입고 있었다.

"미라 소녀는 온몸에 붕대를 둘둘 감은 호러 계열의 몬스터입니다. 카니발에서는 무서운 존재로 변장하는 것이 주류거든요. 구체적으로 어떻게 갈아입는지는 이 카탈로그 모델을 보고 배우세요."

"잠깐만, 이 여자 모델은 붕대만 감고 있잖아?! 옷은…….."

"붕대만 감는 겁니다. 미라가 치마를 입고 있으면 이상하잖아요?"

"뭐라고?!"

가장 카탈로그에 실려 있는『미라 소녀』.

그 모델인 소녀는 속옷만 입은 채 맨살 위에다 붕대만 감고 있었다.

"왕녀인 내가 이런 파렴치한 모습으로 분장하고 참가한다고? 그걸 국민이 알게 되면……."

"화려한 의상이 좋다고 한 사람은 앨리스 님이잖아요. 눈에 띄는 것이 좋다고."

"그래도 이건 너무 심하잖아?!"

부들부들 떠는 앨리스.

참고로 옆에 있는 린은 어떤가 하면, 등 뒤에 까만 날개와 꼬리가 달린 깜찍한 악마로 변신 중이었다.

아주 귀엽고, 노출도 적은 의상.

누가 봐도 전혀 부끄럽지 않은 모습이었다.

"린, 너 치사하다?! 나도 같은 의상으로 교환해 올래!"

"안타깝지만 의상 취소는 전날까지만 가능합니다. 카니발은 참가자가 수만 명이나 되니까요. 당일 취소는 운영도 힘들어요."

"그, 그럴 수가…… 크윽!"

여자 탈의실에서는 다음 손님들이 대기하고 있었다.

여기 오래 눌러앉아 있으면 다른 여성들에게도 폐를 끼치게 된다. 결국 앨리스는 각오를 굳히고 원피스 옷자락을 붙잡았다.

"아, 알았어! 내가 이 미라 소녀가 되면 되잖아?!"

맨살이 다 드러난 속옷 차림이 되었다.

그런 앨리스의 맨몸을 보고 주위의 여자들이 술렁거리기 시작했다.

　──와, 저 애 굉장하다······ 하고.

　당장이라도 흘러나올 듯한 풍만한 가슴.

　날씬한 배꼽에서 자기주장이 강한 허리 부분으로 이어지는 곡선은 더없이 매력적이었다. 그런 성숙한 앨리스의 육체가 벌써 사람들의 주목을 받고 있었다.

　······왜, 왠지, 부끄러운걸.

　······빨리 옷을 갈아입어야겠어!

　카탈로그 모델을 참고하면서 어설프게 붕대를 온몸에 감기 시작했다.

　어색한 동작으로 팔과 다리에 붕대를 다 감고 다음 부위로 넘어갔다.

　그런데.

　"···········난감하다."

　"앨리스 님, 왜 그러시죠?"

　"린, 비상사태야."

　앨리스가 눈짓으로 가리킨 것은 너무나 풍만한 자기 가슴이었다.

　신체의 곡선이 여기만 유난히 앞으로 튀어나와 있어서 붕대를 감기 어려웠다. 억지로 감으려고 해도 자꾸 풀렸고, 애초에 붕대의 양이 부족했다.

　"린. 너, 미라 소녀의 붕대를 네 사이즈에 맞춰서 예약했구나?"

"네. 그런데 왜요?"

"내 가슴을 가리려면 이 붕대의 양은 부족해. 크기가 너무 달라서 그런가 봐."

"그게 무슨 뜻입니까?!"

"아, 이거 봐. 엉덩이도 안 되네. 오히려──."

시종을 물끄러미 바라봤다.

조숙한 앨리스에 비하면 린은 본디 몸집이 작은 편이었다. 게다가 호위병으로서 단련해온 그 육체는 단단한 운동선수 체형이었다.

"네가 적임자 아닐까? 가슴도 엉덩이도 평평하잖아."

"가슴이 작은 게 뭐가 나빠요?!"

"아니, 칭찬한 거야. 붕대를 감기 쉬워 보이는 이상적인 체형이야."

"그렇게 평가받아도 기쁘지 않아요! ……아, 잠깐만요 앨리스 님, 뭐 하시는 거예요?!"

"교환하는 거야, 교환!"

귀여운 악마 린을 붙잡더니.

"나는 미라 소녀로 분장할 수 없다는 거, 이해했지? 그러면 의상을 교환하는 수밖에 없잖아?"

"뭐, 뭐라고요?!"

"린, 그 옷 벗어!"

"이러지 마세요────!!"

10분 후.

그곳에는 멋지게 미라 소녀로 변신해서 얼굴을 붉히고 있는 린이 있었다.

가슴과 엉덩이는 붕대로 감췄지만, 그래도 붕대 사이로 탄탄한 배와 배꼽이 언뜻언뜻 보이기도 했다. 신체 곡선도 다 드러난 상태였다.

"우우. 이, 이렇게 부끄러운 모습으로 시내를 돌아다니라니……. 앨리스 님, 이건 고문이에요!"

"그렇게 부끄러운 모습을 주인에게 강요하려고 했던 사람이 너잖아?"

한편 앨리스도 어느새 귀여운 작은 악마로 변장했다.

"자, 밖으로 나가자. 린. 우선 퍼레이드에 참가해야지. 그리고 오후에 열리는 가장 대회에도 출전하는 거야. 린, 네가."

"제가요?!"

"당연하지. 그 미라 소녀라면 엄청나게 주목받을 것이 틀림없어."

"——잠깐만."

그때 앨리스 앞을 두 소녀가 가로막았다.

"이봐, 당신들. 방금 그 말은 흘려들을 수 없는데?"

"그 가장 대회에서 엄청나게 주목받는다고? 우리를 제쳐두고?"

여자 흡혈귀로 변장한 금발 소녀.

그리고 또 한 사람은 요염한 서큐버스로 가장한 흑발 소녀였다.

둘 다 대여한 의상이 아니라, 자기 몸매에 맞춰 제작한 본격적인 수제 의상을 입고 있었다. 그 정교한 호러 분장도 다른 여자들과는 완성도가 전혀 달랐다.

"……너희들은 이게 본업인가 보군?"

두 사람의 완성도를 본 린이 눈살을 찌푸리면서 말했다.

"앨리스 님. 이 두 사람은 아마도 프로 코스튬 플레이어일 겁니다."

"코스튬 플레이어?"

"이런 이벤트를 흥하게 하려고 운영 측이 고용한 모델입니다."

그렇구나.

앨리스는 거의 들어본 적 없는 단어였지만, 이 두 사람은 실제로 예뻤다.

여자 흡혈귀인 소녀는 입가에 날카로운 이빨을 장착하고, 진짜와 똑같은 가짜 피로 박력 있는 분위기를 연출하고 있었다.

나머지 한 사람은 그야말로 서큐버스처럼 가슴골을 아낌없이 드러낸 섹시함 위주의 차림새였다.

퍼레이드에 참가하면 틀림없이 둘 다 관광객들의 주목을 받을 것이다.

"그래. 그 프로들이 우리에게 무슨 볼일이 있는 거지?"

그런데 앨리스도 지지는 않았다.

눈부시게 아름다운 외모와 발군의 몸매는, 참가자 중에서도 감히 군계일학이라고 해도 과언이 아닐 정도였다.

"나와 린은 순수하게 축제에 나가는 거야. 그게 뭐가 문제인데?"

"우리는 선의의 충고를 해주는 거야. 보아하니 의상도 대여해 온 초보자인 것 같은데. 이 12번가 가장 대회에 참가하겠다고?"

"응, 그럴 생각이야."

"──아하, 아하하!"

"이것 참 웃기네!"

두 소녀의 웃음소리가 탈의실에 메아리쳤다.

"이 카니발은 전 세계가 주목하는 이벤트야. 특히 12번가의 가장 대회는 우리 같은 프로 코스튬 플레이어들이 실력을 겨루는 아주 수준 높은 대회라고."

"그래, 맞아. 그냥 빌려온 의상을 입을 거면, 2번가의 초보자 대회에나 참가해야 하는 거 아냐?"

"……뭐라고?"

이것이 친절한 충고였다면 앨리스도 순순히 받아들였을 것이다.

그러나 이 소녀들은 노골적으로 이쪽을 깔보는 듯한 말투였다.

"우리가 초보자라는 사실은 부정하지 않을게. 하지만 얕보이는 것은 싫어."

"흐응? 아, 물론 귀여운 악마로 변장한 당신은 일단 인물은 괜찮아 보이지만."

앨리스의 얼굴과 몸을 훑어보면서 품평하는 여자 흡혈귀.

"그래도 안 돼~. 그런 애들 장난 같은 의상과 화장으로는. 알았어?"

"우리는 오늘을 위해 어마어마한 시간을 투자해서 의상을 직접 제작했고, 화장도 끝없이 연구를 거듭해왔어. 그러니까 초보자가 그 대회의 가치를 떨어뜨리는 짓은 하지 않았으면 좋겠어."

의상과 화장의 차이는 확연했다.

하지만 이런 도발에 겁먹고 물러난다면, 네뷸리스 왕녀의 체면이 구겨질 것이다.

"……좋아. 그렇게까지 말한다면 오히려 의욕이 생기는데?!"

앨리스는 두 소녀를 똑바로 손가락으로 가리키면서 말했다.

"당신들의 도전, 얼마든지 받아줄게. 여기 이 린이!"

"왜 전데요?!"

"왕녀인 내가 눈에 띄는 짓을 할 수는 없잖아?"

린의 손을 붙잡으면서 앨리스는 탈의실 문을 열었다.

"자, 린. 빨리 대회 참가 신청을 하러 가자."

"앨리스 님, 자, 잠깐만요. 이렇게 뛰면 제 붕대가 풀리거든요?!"

━━━━━━

같은 시각──.

바칠루스 시국의 12번가에서.

"어때, 대장님? 나 귀여워?"

"네네야, 너무 귀여워──!"

고양이 귀와 꼬리를 달고 발바닥 젤리 장갑까지 낀 고양이 소녀로 변신한 네네. 그 모습을 보고 크게 호들갑을 떠는 미스미스 대장이 있었다.

"아아, 그 발바닥 젤리 장갑이랑 고양이 귀가 미치도록 귀여워……! 네네야, 냥냥~ 하고 말해봐!"

"네네다냥! 이런 느낌이다냥~."

"너무 귀여워————————!"

네네를 와락 끌어안는 미스미스 대장.

진짜 고양이처럼 나긋나긋하게 몸을 움직이는 네네가 정말 사랑스러워 보였다.

"대장님도 귀여워. 그 커다란 모자가 잘 어울려, 진짜로!"

"에헤헤. 네네야, 고마워!"

미스미스 대장은 꼬마 마녀 같은 옷을 입고 있었다. 커다란 모자와 로브가 특징적인데, 몸집이 작은 미스미스에게도 잘 어울렸다.

──마녀라는 것은 본디 멸칭.

네뷸리스 황청의 성령술사를 괴물이라고 부르는 제국의 멸칭인데, 그런 마녀가 인기 있다는 것은 참으로 제국의 동맹국답게 뒤틀린 감각이었다.

"네네야, 저기 저 사진관에서 같이 기념사진 찍자!"

"좋은 생각이다냥!"

"……둘 다 엄청나게 신났군."

카니발 분위기에 푹 빠져버린 네네와 미스미스 대장.

그런 두 사람 앞에 이스카와 진이 나타났다. 남자 탈의실에서

나온 것이었다.

　비틀비틀 걸으면서.

　입고 있는 의상 때문에 앞이 잘 안 보였고, 덤으로 걷기도 힘들었다.

　"대장님도 네네도 둘 다 잘 어울린다. 안 그래? 진."

　"나 참. 우리는 이렇게 중무장을 하고 있는데, 아주 편해 보이네."

　이스카 옆에는 저격수 진이 있었다.

　그런데 둘 다 코스튬에 가려져서 본인들의 요소가 전혀 안 남아 있었다.

　"……저, 누구세요?"

　"저예요. 이스카입니다."

　미스미스 대장 앞에 서 있는 것은 거대한 강아지와 토끼 인형이었다.

　이스카가 강아지였고, 진이 토끼였다.

　둘 다 이 카니발의 마스코트였는데, 인형 탈이 워낙 크다 보니 상당히 흉악해 보였다.

　"우리 둘 다 카니발의 마스코트예요. 제가 강아지인 『바우엘 군』이고, 진이 토끼인 『라비 양』입니다."

　"……왜 인형 탈을 고른 거야?"

　"저는 검을 가지고 있고 진은 총이 있으니까, 무기를 숨겨야 하잖아요. 우리 둘 다 이런 인형 탈을 쓸 수밖에 없었어요."

　마녀를 경계하기 위해.

제국 병사라는 사실을 들키지 않도록, 이렇게 무기를 인형 탈 속에 숨긴 것이다.

"그런데 대장님, 네네. 무기는요?"

"나랑 네네도 총을 가지고 있어. 나는 이 커다란 모자 속에 넣었고――."

"네네는 이 발바닥 젤리 장갑 속에 넣었다냥."

아, 그랬구나.

꼬마 마녀와 고양이 소녀라는 귀여운 모습인데도 제대로 무장은 한 것 같았다.

"그런데 네네. 대체 언제까지 말끝에 『냥』을 붙일 거야?"

"오늘은 계속 붙일 거다냥."

"……어, 그래. 귀여우니까 괜찮긴 한데."

옷 갈아입기 전에는 "이게 나한테 어울릴까……?" 하고 걱정했던 네네가 지금은 완전히 신난 것처럼 보였다.

"있지~ 대장님. 우리도 퍼레이드 보러 갈래냥? 시내를 돌아다니면서 경비하는 거다냥."

"응, 그러네. 좋아. 이스카 군, 진 군도 같이 가자."

"네?! 자, 잠깐만요, 대장님. 저희는 인형 탈을 써서 뛰기 힘들어요!"

가장한 손님들로 북적거리는 길을 걸었다.

그런 이스카와 같은 타이밍에, 때마침 같은 방향으로 뛰어오는 소녀가 있었다.

"앗!"

"꺅?! 죄, 죄송해요!"

살짝 몸이 닿았다.

"아, 저기…… 실례했습니다!"

귀여운 악마로 변장한 소녀였다.

키는 이스카와 비슷했고, 은은하게 빛나는 듯한 금발이 아름다웠──는데, 아쉽게도 이스카는 인형 탈을 쓰고 있어서 시야가 무척 좁았다.

게다가 방금 그 충돌로 인해 인형 탈의 머리도 약간 삐뚤어졌다. 그래서 부딪친 소녀의 얼굴이 잘 보이지 않았다.

"앨리스 님, 너무 허둥거리시는 거 아니에요?!"

귀여운 악마 소녀의 등 뒤에서, 미라 소녀처럼 보이는 붕대 감은 소녀가 등장했다.

"제가 말씀드렸잖아요, 뛰면 위험하다고."

"아, 아니, 어쩔 수 없잖아?! 가장 대회 접수 마감까지는 이제 15분밖에 안 남았는걸!"

그런데.

이 소녀들의 목소리가 왠지 이스카에게는 익숙하게 느껴지기도 했지만, 목소리가 인형 탈에 의해 차단되는 바람에 잘 들리지 않았다.

"아, 아무튼, 강아지 인형 씨. 실례했습니다!"

"────(아뇨, 괜찮아요!)"

손짓으로 인사했다.

이스카의 인형 탈은 카니발의 마스코트 『바우엘 군』이었다.

이미지가 붕괴하지 않도록, 그 안에 있는 스태프는 말을 하면 안 된다는 규칙이 있었다.

"서두르자, 린. 네가 가장 대회에서 우승해야 하니까."

"그건 불가능하다니까요?! 저기요, 적정 시찰 건은 잊어버리신 거 아니에요?!"

귀여운 악마와 미라 소녀가 기운차게 멀리 달려갔다.

바로 그때.

앞쪽 길모퉁이에서 먼저 뛰어갔던 네네가 고개를 쏙 내밀었다.

"이스카 오빠, 빨리, 빨리 오라냥. 퍼레이드에 사람이 무지무지 많다냥. 그중에 마녀가 숨어 있을지도 모르니까, 수상한 사람을 발견하면 즉시 가르쳐달라냥."

"알았어. 그렇게 가까운 곳에 있을 것 같진 않지만."

퍼레이드와 함께 움직이기 시작했다.

그러자 앞쪽에서 꼬마 마녀 미스미스 대장이 다가왔다.

"이스카 군, 퍼레이드가 끝나면 다음에는 가장 대회 접수원으로 일해야 해."

"일이 너무 많잖아요?! 이러면 축제 스태프나 마찬가지 아닌가요?!"

"일손이 부족해서 그렇대. 왜냐하면 이 바칠루스 시국의 열두 군데에서 일제히 가장 대회가 개최되기 때문이야."

"……어휴."

"세계적으로 유명한 행사이니까. 특히 이 12번가의 가장 대회는 굉장하다고 소문이 나 있어. 진짜로 멋진 코스튬 플레이어들의 경연이거든!"

커다란 까만 모자 밑에서 눈을 반짝반짝 빛내는 미스미스 대장.

"전 세계의 프로 모델들도 여기에 출전한다니까. 심사위원도 거물이고, 여기서 입상하면 엘리트 가도를 달리게 되는 거야!"

"아, 네. 그렇게 굉장한 대회라고요."

그러고 보니.

이스카와 부딪쳤던 소녀들이 언급했던 것도 그 12번가 대회인 걸까.

"가장 대회……. 앨리스가 와서 출전한다면 주목받을 것 같은데…… 아니, 설마 오지는 않겠지."

주위를 둘러봤다.

실은 묘하게 가슴이 두근거린다고나 할까, 앨리스와 비슷한 기척을 느낀 듯한 기분이 들었지만.

"……에이, 설마."

빙화의 마녀 앨리스리제는 황청의 공주님이다.

설마 적지인 여기에 올 리는 없을 테고, 더 나아가 가장 대회에 참가한다는 것은 말도 안 되는 일이었다.

"이스카 군. 우리도 슬슬 가장 대회 접수를 도와주러 가자."

"네, 알았어요."

미스미스 대장이 손짓하자, 이스카는 퍼레이드의 행렬에서 빠져나왔다.

———————

『여러분, 오래 기다리셨습니다!』

『바칠루스 시국 가장 그랑프리 제37회! 전 세계의 왕족, 예능계, 예술가들도 주목하는 이 대회!』

『올해의 영광을 차지하는 것은 누구인가!』

12번가 광장——.

그곳에 모인 관객들은 줄잡아 수천 명.

더구나 TV 중계도 해주고 있으므로, 가장 대회는 벌써 열기에 휩싸여 있었다.

"이거 놀랍네……. 이 정도로 대규모 이벤트일 줄은 몰랐어."

무대 뒤.

나갈 차례를 기다리고 있는 후보자들의 대기실. 그곳에서 앨리스는 대회장에서 들려오는 환성 소리에 귀를 기울이고 있었다.

"이렇게까지 흥하다니. 적의 동맹국이라고는 해도 대단한걸."

"저기요, 앨리스 님. 드릴 말씀이 있는데요……."

순수하게 감탄하고 있는 앨리스와는 대조적으로, 직접 참가하는 린은 정말로 불안해하는 표정이었다.

"……나약한 소리라는 것은 알고 있습니다만, 역시 사퇴하면 안 될까요……? 저처럼 평범한 인간은, 이런 대회에는 나가봤자 아무 소용도 없을 텐데요……."

"그래, 확실히 이건 내 상상을 초월할 정도야."

그야말로 미남, 미녀의 경연이었다.

기본 중의 기본인 마녀부터 늑대인간, 좀비, 흡혈귀 등 겉모습은 천차만별이었지만, 전부 다 화려하고 매우 본격적이었다.

우선 의상이 모두 다 특별 제작품이었고, 분장도 프로 전속 스태프가 담당하고 있었다.

"저, 저기요……. 다들 저보다 키도 크고, 얼굴도 예쁘고…… 저, 앨리스 님이라면 겨뤄볼 만하다고 생각하지만, 저 같은 사람은 도저히……."

왕녀에게 어울리는 기품과 외모를 다 갖춘 앨리스라면 승산이 있을 것이다.

그러나 린은 시종이다.

철저히 뒤에서 받쳐주는 것이 직업이다. 이렇게 스포트라이트를 받는 것에도 익숙하지 않으니까 불편해하는 것도 이해가 갔다.

"그래……. 분하지만 그 흡혈귀와 서큐버스의 말이 맞았어. 우리가 자리를 잘못 찾아왔네."

휴 하고 한숨을 내쉬면서 앨리스는 린의 어깨에 살며시 손을 올렸다.

"린, 사퇴하렴. 너에게는 너만의 특별한 재능이 있어. 굳이 상관없는 분야에서 싸울 필요는 없어.”

“앨리스 님!”

눈물을 글썽거리는 린.

와아! 하고——.

광장의 관객들이 격렬한 환호성을 지른 것은 바로 그때였다.

“어머, 시작하나 봐?”

무대로 올라가는 사회자와 심사위원들.

사회자가 마이크를 쥐더니.

『자, 그럼 소개하겠습니다. 이번 대회의 게스트 겸 심사위원장! 이번에도 예년처럼, 아니, 역대 최고의 게스트를 초청하는 데 성공했습니다!』

사회자의 흥분한 말투.

박수 소리가 요란하게 울려 퍼지는 가운데 한 노인이 무대에 등장했다.

『심사위원장——제국의 보물, 아니, 전 세계의 지보(至寶)입니다. 오직 혼자만의 힘으로 이 세계의「아름다움」을 100년이나 발전시킨 진정한 예술가가 여기 있습니다! 인간 국보 다이반 가 핀치 선생님이십니다!』

“그렇지!”

그곳에 등장한 사람은 멋진 수염을 기른 흰머리 노인이었다.

프로 레슬러만큼이나 건장한 체격. 안광은 날카로웠고, 그 태도는 무예의 달인과 같은 박력이 느껴졌다.

"내가 바로 인간 국보 다이반이다!"

"뭐?! 세상에!"

그 흰머리 노인을 쳐다보면서 앨리스는 저도 모르게 큰 소리를 냈다.

앨리스만 그런 것이 아니었다.

무대에 있는 저명한 심사위원들도 경악하여 눈을 휘둥그렇게 뜰 정도였다.

"다, 다이반 선생님이라고?!"

"그 전설의 예술가…… 제도 밖으로 나왔단 말인가!"

"다이반 선생님, 저는 어린 시절부터 선생님의 팬이었습니다. 저, 악수를, 제발 악수를 해주세요!"

영화계의 중진이 황공해했고, 심지어 심사위원인 여배우는 눈물까지 흘리면서 노인을 환영했다.

──인간 국보 다이반.

제국에 거주하는 「살아 있는 전설」.

도예, 서예, 시, 조각, 회화, 음악, 더 나아가 미식에 이르기까지 온갖 「아름다움」을 극한까지 추구하는 종합 예술가──.

그 이름은 전 세계에 알려져 있고, 세계 각국에 열성적인 팬이 있다고 한다.

"다이반 선생님이라고?!"

무엇을 숨기랴. 실은 앨리스도 그랬다.

오히려 이 대회장에서 다이반의 이름을 모르는 사람은 거의 없었으니, 그 유일한 예외가──.

"……뭐예요? 저 우락부락한 노인은."

"린! 넌 다이반 선생님을 모르니?! 저분은 세계의 보물이야!"

앨리스는 린의 어깨를 붙잡고 사납게 눈썹을 치켜세우면서 외쳤다.

"내가 제국으로 쳐들어가서 제도를 멸망시키더라도, 다이반 선생님의 아틀리에는 절대로 망가뜨릴 수 없어. 다이반 선생님의 작품을 단 하나라도 훼손한다면──."

"훼손한다면……?"

"네뷸리스 황청이 전 세계의 비난을 받게 될 거야. 세계의 모든 나라가 우리에게 선전포고할 거라고!"

이 노인에게는 네뷸리스 황청의 왕녀도 대들 수 없다.

그야말로 인간 국보인 것이다.

"그게 말이 돼요?!"

"아니, 진짜로 다이반 선생님은 그런 존재야!"

실제로 무대 뒤에 있는 다른 후보자들도 매우 흥분한 표정이었다.

"자, 잠깐만, 그 유명한 다이반 선생님이잖아?!"

"믿을 수가 없어……. 우리, 여기서 우승하면 완전히 유명해지는 거 아냐?!"

앨리스에게 시비를 걸었던 흡혈귀와 서큐버스 2인조도 눈을 형형하게 빛내고 있었다.

"어휴, 진짜 굉장한 노인인가 보네요. 하지만 저는 출전을 사퇴하니까 상관없는 일이지요. 자, 가시죠. 앨리스 님."

"린, 무슨 소리를 하는 거야?"

"……네?"

"다이반 선생님이 왔다고! 어떻게 도망을 칠 수가 있어?!"

떠나려는 시종의 손을 붙잡으면서 앨리스가 힘차게 고개를 끄덕거렸다.

"린, 출전하도록 해! 너라면 할 수 있어. 우승해서, 나와 다이반 선생님이 기념 촬영을 할 수 있게 해줘!"

"왜 갑자기 말을 바꾸시는 거예요?!"

가장 그랑프리, 개막.

우선 심사위원장의 인사부터 시작했다.

『다이반 선생님, 한 말씀 부탁드립니다!』

"좋다."

인간 국보 다이반이 무대 앞으로 나갔다.

"제군, 예술이란 무엇인가?!"

관중을 가리키면서 우렁차게 외쳤다.

"나는 항상 탐구하고 있어. 예술이란 것은 자기 내부에 있는 우주와 싸우는 것이다! 투쟁심과 창조력이 서로를 드높여주면서 새로운 우주를 만들어내는 거야. 알겠어?"

"응? 저 노인은 도대체 무슨 소리를──."

"린, 조용히 해."

"읍?!"

앨리스가 시종의 입을 막아버리는 동안에도 노인의 인사는 계속 진행됐다.

"이 대회도 마찬가지야. 그동안 자신이 갈고닦았던 마음과 마음이 격돌하는 것이다. 자, 나를 감탄하게 만드는 신시대의 예술을 피로해서 새로운 차원을 창조해내길 바란다!"

"저 할아버지는 빨리 병원으로 데려가는 편이 나을지도……."

린의 위험한 한마디.

한편 인간 국보 다이반은 이미 성취감으로 가득 찬 표정을 짓고 있었다.

"……휴. 언제 어디서나 젊은이와 대화하는 것은 흥분되는 일이야."

『네, 감사합니다! 선생님!』

고개를 푹 숙이면서 인사하는 사회자.

그의 등 뒤에서는 열심히 경청하던 관중의 우레 같은 박수 소리가 울려 퍼졌다.

"훌륭해……."

"역시 다이반 선생님은 굉장해. 저 말 한마디만 들어도, 마치 최고의 콘서트에 온 것처럼 행복해져."

"아아, 귀가 녹아내릴 것 같아."

세 명의 심사위원들도 벌써 전원 만족한 표정을 짓고 있었다.

"이건 너무 이상한데요?! 저 한마디의 어디에 감동할 만한 요소가 있었던 겁니까?"

"안 돼, 린. 그렇게 투덜거리지 말고 어서 준비해. 곧 시작될 테니까."

앨리스와 린이 지켜보는 무대 뒤.

그곳에서 후보자가 한 명씩 차례차례 관중이 기다리는 무대 위로 올라갔다.

『네, 그럼 영광스러운 참가자 1번! 늑대인간 디트프리트 씨, 나오세요. 이웃나라 출신인 무대 배우. 부드러운 미모와 탄탄한 육체미 덕분에 잡지 모델로도 대활약 중. 이 가장 그랑프리의 우승 후보 중 한 명이 벌써 등장합니다!』

관중은 아낌없는 박수를 보냈다.

특히 젊은 여성의 환호성이 너무 커서 사회자의 목소리가 파묻힐 정도였다.

"이거 놀랍네요. 앨리스 님. 시작부터 진짜 배우가 등장했어요……!"

"응. 관중의 반응도 좋고. 고득점이 나올 것 같네."

늑대인간 디트프리트.

아름다운 이목구비와 늑대인간의 무서운 분위기가 서로 안 어울리는 듯하면서도 절묘하게 조화를 이루고 있었다. 웃통은 벗었는데 그 완벽하게 단련된 근육미도 놀라울 정도였다.

"저 근육과 모피 보디페인팅이 아주 잘 어울려. 늑대인간의 강력함을 멋지게 표현했네. 그냥 붕대만 감고 있는 미라 소녀는 아무래도 고전을 면치 못할 것 같아."

"고전하는 정도가 아니라 애초에 상대도 안 된다니까요?! 대등하게 겨룰 만한 요소가 도대체 뭐가 있는데요?!"

"쉿. 린, 심사가 시작될 거야."

술렁술렁하던 대회장이 조용해졌다.

『먼저 심사위원 세 분의 점수가 발표됩니다!』

『극작가 미하엘 님, 작곡가 나스리본 님, 그리고 작년에 국제 여우주연상을 받은 프라미 님. 이렇게 세 분이십니다.』

『각각 10점, 총 30점 만점으로 평가됩니다. 그럼 점수를 발표해주세요!』

7점, 6점, 8점.

합계 21점.

세 명의 심사위원이 점수판을 든 순간, 대회장에서 커다란 갈채가 터져 나왔다.

『네, 21점이 나왔습니다!』

『냉정한 심사위원들이 평균 7점을 내줬습니다. 작년 우승자가 24점이었으니까, 이것은 상당한 고득점입니다!』

무대에서는 늑대인간 디트프리트 본인도 만족스럽게 고개를 끄덕이고 있었다.

그러나――.

진짜 심사는 여기서부터 시작된다.

심사위원 세 명의 합계가 15점 이상인 사람만 심사위원장, 즉 다이반의 심사를 받을 자격을 얻는다.

"린, 잘 들어. 내가 급히 조사해봤는데, 다음 심사는 득점제가 아니라고 해."

"그게 무슨 뜻인가요?"

"『사느냐 죽느냐』. 다이반 선생님 앞에 있는 깃발이 올라가면 합격해서 2차 심사로 넘어가고. 그게 아니면 여기서 즉시 탈락이야."

"정말 가혹하군요……."

"맞아. 그러니까 긴장되는 순간이야."

다시 정적이 흘렀다.

『그럼 다이반 선생님. 심사해주세요.』

특별석에 앉아 있는 노인.

광장에 모인 관중이 기대하는 눈빛으로 주목하는 가운데, 인간국보 다이반은 팔짱을 낀 채 꼼짝도 하지 않았다.

깃발을 잡으려는 시늉조차 안 했다.

『이, 이건…… 불합격이군요! 깃발이 올라가지 않았습니다. 다이반 선생님의 심사는 역시 난관이네요!』

이 남자에게 타협이란 것은 없다.

자신이 납득하지 못하면 빈말로라도 타인의 작품을 칭찬하지는 않고, 자기 작품이라면 가차 없이 불태워버린다.

불꽃의 예술가──.

이 노인이 그런 별명으로 불리는 이유였다.

『그, 그러면, 다음 후보자는…… 요정 브리짓 씨! 이분도 여러

분이 잘 아시는 젊은 천재 여배우입니다!』

흠잡을 데 없이 예뻤다.

앨리스가 보기에도 완벽한 미소녀가 요정으로 가장했는데, 그 모습은 그야말로 동화 속에서 튀어나온 요정 그 자체였다.

『네, 이제 심사위원 세 분의 점수를 공개합니다. ──오, 나왔습니다. 20점. 이것도 1번 후보자만큼이나 좋은 성적이군요!』

그러나 관객의 갈채는 크지 않았다.

여기 있는 모든 사람이 이미 깨달은 것이다. 진짜 시련은 지금부터 시작된다는 것을.

『그, 그럼, 평가해주시죠. 다이반 선생님.』

"……아니야."

인간 국보 다이반은 여전히 팔짱을 낀 자세를 유지했다.

"이 아가씨도 내가 원하는 아름다움이 아니야. 나중에 다시 도전해라."

『불합격입니다! 1번 후보자와 마찬가지로 다이반 선생님의 심미안을 만족시키지는 못했습니다!』

앨리스도 알 수가 없었다.

더할 나위 없이 완벽한 가장처럼 보이는데, 어째서 예술가인 다이반은 계속 떨떠름한 표정만 짓고 있는 걸까.

『저, 저기요, 다이반 선생님. 그런데 방금 그 소녀는 무슨 이유로 불합격을…….』

"나를 뭐로 보는 것이냐."

흘끔.

노인이 사회자를 노려봤다.

"머나먼 동방의 아름다운 나라 미엔의 왕녀에 비하면, 저 요정 소녀의 『청순가련함』은 별것도 아니야."

『아, 아니, 그 전설의 왕녀와 만나본 적이 있으신 겁니까?!』

"그뿐만이 아니다. 여자의 색향으로 겨룬다면, 네뷸리스 황청의 제1왕녀 일리티아. 그 여자의 미모를 이길 사람은 없어."

『세, 세상에……!』

"하지만 그런 귀여움이나 색향이 곧 예술이라고 할 수는 없지. 안 그래?"

노인의 날카로운 한마디가 대회장에 힘차게 울려 퍼졌다.

"단순히 귀엽고, 단순히 본격적이다. 그런 것으로는 사람들의 눈길을 끌 수는 있어도, 사람들의 마음에 감동을 줄 수는 없다. 내가 원하는 것은 세계를 뒤흔드는 새로운 예술의 숨결이야!"

『시, 실례했습니다! 역시 다이반 선생님은 굉장하시네요……!』

노인의 열정적인 논리. 이에 대해 무대 뒤 후보자들은 긴장된 표정을 지었다.

과연 「살아 있는 전설」이라고 칭송받는 대예술가 다이반이었다.

고금동서의 미남 미녀를 다 알고 있기에, 단순한 「겉모습」으로는 그에게 감명을 주지 못하는 것이다.

"알았나? 후보자들. 나의 창작 의욕을 불타오르게 하는 새로운 우주에 한번 도전해봐라!"

심사가 진행되어 갔다.

3번 후보자가 등장하고, 또 4번, 5번이 나왔다.

그들은 모두 다 단정한 외모를 아름다운 화장으로 꾸민 미남 미녀들이었지만.

"……아니야. 아니란 말이다!"

노인이 노성을 질렀다.

"내가 추구하는 예술과는 거리가 멀어!"

『그렇다면…….』

"불합격이다."

『이, 이것 참, 충격적인 가장 그랑프리가 되었군요!』

사회자도 놀라서 무심코 숨을 삼켰다.

『100팀의 후보자 중 절반이 나왔는데도 2차 심사로 진출한 사람은 없습니다. 이건 틀림없이 사상 최고로 어려운 그랑프리일 겁니다!』

심사도 후반전으로 넘어갔다.

그러나 예술가 다이반은 지금까지 한 번도 팔짱을 풀지 않았다.

마침내 99번째 후보자.

"앨리스 님! 아까 그 두 사람이 등장하네요. 탈의실에서 우리에게 시비 걸었던 흡혈귀와 서큐버스예요!"

『오~ 이 소녀들은!』

대회장 전체의 분위기가 후끈 달아올랐다.

금발 여자 흡혈귀와 흑발 서큐버스로 된 2인조.

『드디어 나왔군요! 우리 바칠루스 시국의 자랑거리인 젊은 카리스마 모델, 히에른과 칼데리아. 이 대회에서도 가장 유력한 우승 후보입니다!』

　여자 흡혈귀는 무섭고도 아름답게.

　서큐버스는 요염하게.

　카리스마 모델이라는 호칭에 걸맞게, 이 여자들의 모습은 보는 사람들을 사로잡는 매력으로 가득 차 있었다.

　남자는 물론이고 여자 관객들조차 넋을 잃고 바라보게 만드는 아름다움이 그곳에 있었다.

『자, 그럼 심사위원 세 분의 점수입니다! 9점, 9점, 10점!』

　합계 28점. 이번 심사에서도 두말할 것 없이 최고 득점이었다.

『다이반 선생님, 어떻습니까? 누가 뭐래도 이 소녀들이라면………… 서, 선생님?』

　쥐 죽은 듯 조용해지는 무대.

　심사위원장 다이반은 움직이지 않았다.

　합격 깃발을 올리려고 하지 않는 그 모습에 사회자도, 심사위원들도 이번에는 깜짝 놀란 것 같았다.

　"자, 잠깐만!"

　"아까부터 계속 보고 있었는데, 우리도 더는 못 참겠어!"

　서큐버스와 흡혈귀. 두 사람이 소리를 질렀다.

　사회자의 손을 뿌리치고, 특별석에 앉아 있는 노인 앞으로 걸어갔다.

"이봐, 영감님! 그냥 좀 유명한 예술가라고 해서."

"실컷 거만하게 굴기나 하고. 뭐야, 단순히 젊은이들의 재능을 질투하는 거 아냐?"

"…………."

"저, 저기, 무시하지 말고 대답해봐!"

"이봐, 너희들."

"윽?!"

나이프같이 날카로운 안광이 그들을 쏘아보자, 두 소녀는 뒷걸음질 쳤다.

"무대의 어디를 보고 있었느냐?"

"……응?"

"너희 둘은 무대에 올라오고 나서 관객들에게는 눈길조차 주지 않았다. 네놈들의 눈은 항상 나만 바라보고 있었다. 안 그러냐?"

"~~~~~?!"

"그, 그건……!"

마치 성스러운 주문과도 같이.

다이반의 그런 지적을 받자, 흡혈귀와 서큐버스는 정화의 빛을 받은 것처럼 비틀거렸다.

"도대체 무엇을 위한 가장이고, 누구를 위한 축제이냐. 그리고 가장 중요한 문제. 네놈들을 응원하러 온 사람들에 대한 감사의 마음은 어디에 버려두고 온 것이냐?"

다이반의 등 뒤에는 수천 명이나 되는 관중이 응원하려고 와 있었다.

그러나 두 소녀는 단상에서 그런 그들을 보지도 않았다.

"이 대회의 진정한 주인공은 내가 아니야. 광장에 모여 있는 수천 명이나 되는 관중이다. 이 카니발의 정열을, 본질을, 네놈들은 잃어버렸다. 그렇게 생각하지 않느냐?"

"……윽. 으음……."

"……그, 그러고 보니……."

두 소녀는 털썩 무릎을 꿇었다.

"우리가, 이런 기본적인 것을……."

"현재의 지위에 만족한 나머지, 감사와 정열을 잊어버리다니."

"하지만!"

노인이 자리에서 일어났다.

그리고 무릎 꿇은 소녀들의 손을 붙잡더니 힘차게 일으켜 세웠다.

"그대들에게는 무한한 가능성이 있다. 정진해라. 똑바로 일어나서, 이번에야말로 올바른 예술의 길을 걷도록 해라."

"죄송합니다, 다이반 선생님!"

"저희가 잘못했습니다!"

노인을 와락 끌어안는 소녀들.

마치 고집쟁이 할아버지가 손녀딸과 화해하는 것처럼 훈훈한 광경이었다.

"훌륭해!"

"역시 다이반 선생님은 뭔가 달라……!"

"아아, 자기 재능을 믿고 자만하던 소녀들을 멋지게 갱생시켜 주셨어. 최상급 쇼와도 같은 아름다운 결말이야!"

눈물을 흘리는 심사위원들.

대회장에서도 아낌없는 박수가 쏟아져 나왔다.

멋진 엔딩이었어. 그런 잔잔한 감동에 젖은 분위기였다.

『감동했어요. 진심으로 감동했습니다! 합격자는 없었지만, 제37회 가장 그랑프리는 길이길이 전설로 남을 겁니다.』

『네, 그럼 여러분. 내년에 다시──.』

"잠깐만!"

앨리스의 일갈이 울려 퍼지면서 그 대회장의 잔잔한 분위기를 싹 날려버렸다.

"아직 후보자가 남아 있어. 내 시종인 린이!"

"그러지 마세요, 앨리스 님! 모처럼 저의 존재가 지워진 채 끝날 것 같은 분위기였는데!"

"아니, 됐으니까. 빨리 나가봐!"

"끼야악?!"

앨리스에게 등 떠밀린 린이 무대로 뛰어 올라갔다.

『아차, 실례했습니다. 아직 후보자가 남아 있었네요! 네, 그럼 미라 소녀 씨. 자기소개를 부탁드립니다!』

"……미, 미라 소녀, 린입니다…….'

얼굴은 새빨개졌고.

간신히 쥐어짠 목소리도 당장 사라질 것처럼 작았다.

"도…… 도대체 왜, 나 같은 사람이 이렇게 큰 무대에…… 그것도 이런 차림으로. 이런 치욕을……."

수천 명이나 되는 관중의 시선에 노출된다는 것은 린에게는 첫 경험이었다. 그것도 맨살에다가 붕대만 두른 차림새로.

"린, 힘내! 그 고통을 극복한 저 너머에 영광이 있으니까!"

"그런 영광은 싫거든요?!"

앨리스의 응원을 듣고 더더욱 얼굴을 붉히는 부끄럼쟁이 린.

『네, 린 씨. 그럼 당신의 매력을 보여주세요!』

"아, 네……."

자기소개를 하는 1분의 시간.

서큐버스라면 무대에서 요염한 포즈를 취할 테고, 늑대인간이라면 사납게 포효하는 것이 주류일 것이다.

그러나──.

린이 그런 대담한 짓을 할 수 있을 리 없었다. 린은 어린 시절부터 오로지 호위병이 되기 위한 길을 걸으면서 무술가로서 단련해 왔으니까. 무대에서 보여줄 화려한 기예 따위는 갖추지 못했다.

무엇을 할 수 있을까?

"제, 제가 보여드릴 수 있는 것은…… 다, 다소의 무예는, 가능합니다."

『네? 특이한 장기네요. 무예라니, 구체적으로는 어떤 거죠?』

"그, 그럼 단도를 이용한 형식을 보여드릴게요……."

휘리릭! 하고 오른손의 붕대를 들추더니 그 안에 숨겼던 나이프를 꺼냈다.

앨리스의 호위병인 린이 미라 소녀로 변장했어도 여전히 빠뜨리지 않고 몸에 휴대하고 다니는 호신도였다.

번개같이 빠른 동작──.

관중들도 포착하지 못할 정도로 신속하게 나이프를 뽑았다.

『어? 대체 언제 나이프를 꺼낸 거죠?』

"그, 그럼 시작하겠습니다. 아아, 몰라요. 이제는 될 대로 되어라!"

새빨개진 얼굴로 소리를 지르더니.

나이프를 쥔 미라 소녀가 가볍게 허공에 떠올랐다.

민첩했다.

발레리나나 무용수처럼 매력적인 도약이 아니라, 산양이 암벽을 뛰어넘는 것처럼 힘찬 도약이었다.

『아, 저기, 이것은, 예상외의…….』

어안이 벙벙해진 사회자의 표정.

『후, 훌륭합니다. 훌륭한데…… 저, 저기요. 미라 소녀 씨? 이것은 가장 대회인데요?』

린의 신체능력은 충분히 증명됐을 것이다.

그러나 심사위원이 기대하는 화려함은 전혀 없었다.

『저, 저기요.』

"그, 그러니까, 저는 이런 재주밖에 못 부려요!"

공중에서 1회전.

체조 선수 뺨칠 정도로 아름답게 착지. 거기까지는 좋았는데, 린은 1회전의 반동을 미처 생각하지 못했다.

지금 자신은 옷이 아니라 붕대만 몸에 감고 있었던 것이다.

"앗……."

스르륵 하고. 맨살에 감았던 붕대가 풀리기 시작했다.

날씬한 옆구리와 배꼽이 드러나고, 또 겨드랑이부터 목덜미에 걸쳐서도 붕대가 풀리면서 바닥에 떨어져──.

"꺄, 아아아아앗?!"

거의 알몸이나 마찬가지.

허둥지둥 가슴을 가렸지만, 아름다운 맨살이 관중에게도 이미 다 보였다.

"이, 이렇게 밋밋한 몸은, 누가 봐도 별로 기쁘지도 않을 텐데 에에!"

『돌발 사고네요! 이것은 속행 불가능입니다. 안타깝지만 실격──.』

"잠까아아아안!"

특별석에서 터져 나온 노성이 사회자의 안내 멘트를 압도해버렸다.

"이 소녀, 보통 사람이 아니야!"

『……네? 저, 다이반 선생님?』

술렁거리는 관중과 심사위원들.

지금까지 쭉 부동의 자세를 유지했던 전설의 예술가가 벌떡 일어난 것이었다.

"미라 소녀의 모습을 자세히 봐라!"

바닥에 주저앉아 부끄러워하고 있는 린에게 관중의 시선이 집중됐다.

"붕대로 맨살을 감추는 것이 미라인데, 그런 미라 소녀가 스스로 붕대를 벗어던지다니. 이 얼마나 참신한가. 이봐, 린이라고 했나? 그것이 바로 자네가 추구하는 미학인가!"

"그냥 사고인데요?!"

"이것은 다시 말해『우화(羽化)』이다. 번데기를 찢고 나온 나비가 날아오르는 메타포(예술적 은유)이며, 미라 소녀가 붕대를 버리고 새로운 자기를 모색하는 성장 스토리를 표현한 것이야. 그렇지?!"

"……아, 아뇨, 그런 것이…….."

"참으로 훌륭하다! 완벽하게 계산된 예술이었어!"

"아니, 내 말 좀 들어보라니까아아아?!"

린의 호소는 무시당했다.

"게다가!"

예술가 다이반이 주목한 것은 거의 알몸이나 마찬가지인 린이었다.

"붕대를 벗어버린 저 나체를 주목해라."

"앗, 보지 말라니까요오오?!"

"저 육체미. 보통 인간이 아니지 않은가!"

인체의 조형미에 정통한 다이반은 모든 것을 꿰뚫어 보았다.

"군더더기가 하나도 없어. 지방이 없다."

"네, 가슴이 작아서 미안하네요?!"

"헬스장에서 단련한 인위적인 육체가 아니다. 저 소녀의 육체는 마치 사자와도 같아. 황야를 활보하는 짐승의 육체이다!"

다이반의 말이 옳았다.

린의 육체는 본디 무술가로서 단련한 것이었다.

모델이나 배우와는 육체의 상태가 달랐다.

"무서운 소녀구나. 붕대를 벗어던진 그 내부에는 강철 같은 육체를 갖추고 있었어. 저것이야말로 미라 소녀의 진화형, 나를 진심으로 놀라게 했어!"

"……아, 네. 그냥 마음대로 생각하세요."

"그래, 틀림없어. 이것이 바로 내가 원하던 신세대의 가장이야!"

인간 국보 다이반이 크게 외쳤다.

『다이반 선생님. 그렇다면, 이 미라 소녀 린 씨가……!』

"내 눈은 절대 잘못되지 않았어!"

부채를 꺼내는 노인.

다이반 직필로 「최고」란 글씨가 적혀 있는 그 부채가 린의 머리 위로 올라왔다.

"무조건 이 소녀가 우승이다!"

커다란 환호성.

광장에 있는 관중과 심사위원들이 한 사람도 빠짐없이 일어나서 갈채를 보냈다.

그런 영광 속에서.

"……납득이 안 돼."

당사자인 린 혼자만 불만스러운 표정으로 혼잣말을 중얼거리고 있었다.

━━━━━━━━━━

린, 우승.

마지막에는 모든 참가자가 모여서 기념 촬영. 이때 야무지게 다이반의 옆자리를 차지한 앨리스는 당연히 무척 신이 나 있었다.

"린, 훌륭해! 네 활약은 나도 자랑스럽게 생각해!"

"가, 감사합니다. 앨리스 님. 저로서는 석연치 않은 기분입니다만……."

"린, 가슴을 펴. 당당하게!"

참고로 기념 촬영에는 이 대회의 마스코트 캐릭터인 강아지 『바우엘 군』과 토끼 『라비 양』도 참가했다.

둘 다 커다란 인형 탈이었다. 안에 들어간 사람은 남자일 것이다.

"야, 이스카. 좀 더 오른쪽으로 붙어."

"앞이 잘 안 보여서 그래. 진, 네가 가까이 와."

그들은 소곤소곤 대화하고 있었지만, 앨리스에게는 거의 들리지 않았다.

"어휴……. 우승해버리는 바람에 매스컴의 인터뷰에 응하느라 시간을 낭비했어요. 적국을 조사할 시간도 없었고…….

"아냐, 린. 그래도 나는 네가 멋지게 활약해서 만족했어."

그렇다. 더할 나위 없이 완벽한 여행이었다.

하지만 정말, 정말 딱 하나만 더 사치스러운 소원을 말해보자면.

"이스카와 만나서 가장 대결을 했더라면 좀 더 좋았을 텐데. 뭐, 그건 어쩔 수 없지."

"앨리스 님, 지금 뭐라고 하셨어요?"

"아니, 난 아무 말도 안 했어."

그 제국 검사가 여기 왔다면 어떤 가장을 했을까.

그런 생각을 하면서──.

앨리스는 뒤에 있는 인형 탈과 사이좋게 기념사진을 찍었다.

File.04

너와 나의 최후의 전장,
혹은
절대 무적의 언니

the War ends the world /
raises the world
Secret File

1

마녀의 낙원.

이 네뷸리스 황청에서는 「성령」이라고 불리는 신비로운 에너지를 지닌 사람들이 살고 있었다.

그곳의 왕궁에서——.

"좋아. 그림 실력이 물이 올랐어!"

붓을 쥔 채 앨리스는 넘치는 의욕으로 크게 외쳤다.

앨리스리제 루 네뷸리스 9세.

눈부신 금빛 머리카락과 사랑스러운 외모가 인상적인 왕녀였다.

적인 제국군은 그녀를 「빙화의 마녀」라고 부르면서 두려워하지만, 평소의 앨리스는 그런 별명과는 완전히 거리가 먼 사랑스럽고 쾌활한 소녀였다.

그 앨리스가——.

"흐읍! 하앗!"

몹시 정열적으로 붓을 휘두르고 있었다.

물감을 칠한다기보다는 붓으로 캔버스를 후려치는 듯한 기세였다.

"선생님, 어때요?!"

"오? 앨리스 왕녀님, 오늘은 평소보다도 더 붓질에서 에너지가 느껴지네요."

콧수염을 쓰다듬으면서 다가온 사람은 앨리스의 미술 선생님인 궁정 화가였다.

회화 강의.

이것도 왕녀에게 필요한 교양을 쌓기 위한 작업 중 하나였다.

……그러나.

뚝.

붓을 휘두르던 앨리스의 움직임이 멈췄다.

"……이상하네."

앨리스가 고개를 들었다.

그 눈앞에는 묘사 대상인 관엽 식물 화분이 있었다.

"선생님, 나 이해가 안 가는 것이 있어."

"네, 뭔가요? 앨리스 왕녀님."

"내 컨디션은 완벽해. 그림 실력도 물이 올랐어. 게다가 결정적으로 궁정 화가 선생님의 지도도 받고 있잖아? 그림을 그리기 위한 최고의 조건이 갖춰졌다고 생각해."

"네, 네, 물론이죠."

"그런데 내 그림은……."

앨리스가 그린 그림.

거기서는 식물은 찾아볼 수 없었다.

그곳에 있는 것은, 화분에서 자라난 기괴한 초록색 촉수 괴물이 꾸물꾸물 책상 위를 기어 다니는 호러 영화의 한 장면처럼 무시무시한 광경이었다.

……어쩌다 이렇게 된 거지?

앨리스가 그리고 싶었던 것은 분명히 눈 부신 햇살을 받는 관엽 식물이었는데.

"흐음? 오, 이건……!"

강사는 매우 유쾌하다는 듯이 앨리스의 그 그림을 들여다봤다.

"앨리스 왕녀님, 또 실력이 늘었네요! 이 참신하고 독특한 터치, 채색. 화분을 이토록 원형에 얽매이지 않고 파괴적으로 표현하다니……! 이것은 그야말로 회화의 창조적 파괴. 보통 사람은 흉내 내지도 못할 표현입니다!"

"…………."

"어? 앨리스 님, 왜 그러시죠?"

"……몹시 복잡한 심경이야."

미술 강사에게 독창적이라고 칭찬을 받은 것은 기뻤지만, 앨리스로서는 좀 더 순수하게 「진짜 같은 그림」을 그려보고 싶었다.

"있잖아, 선생님. 나는 좀 더, 뭐랄까…… 사실적인 그림을 그리려고 했어."

"흠. 앨리스 님의 재능을 살리려면, 이 독창성을 발전시키는 편이 더 낫다고 생각하는데요."

어험 하고 강사가 헛기침했다.

"좋아요. 그럼 제가 감히 조언을 좀 해드리자면, 여기 이 기괴한 촉수는──."

"식물이야."

"아, 실례했습니다. 앨리스 님, 잘 들으세요. 사실적인 그림을 그리려면『그림자』를 잘 의식해야 합니다. 예를 들면…… 식물의 그림자에 사용하는 색은, 진한 초록색에다 푸른색을 더함으로써 색을 녹아들게 해주는 겁니다. 그리고 햇빛이 닿는 이 부분에는 노란색을 섞어서──."

열정적으로 이야기하기 시작하는 미술 강사.

그런데. 정말로?

단순히 그림자를 묘사하고 색을 조정한다고 해서, 정말로 이 촉수가 관엽 식물이 되는 걸까?

좀 더 근본적인──.

그림의 어떤 중요한 요소가 빠진 듯한 느낌이 드는데…….

"이게 좀처럼 잘 안 되네. 아, 맞다. 시스벨은?"

여동생의 존재를 떠올린 앨리스는 고개를 휙 돌렸다.

이 미술실에는 두 명의 학생이 있었다.

황청의 제2왕녀인 앨리스. 그리고 제3왕녀인 시스벨.

동생인 시스벨도 그림 연습 중이었다. 앨리스와는 달리 시스벨은 얌전하게 부지런히 붓을 놀리는 것이 보였는데…….

과연 그 그림은 어떨까?

솜씨를 한번 구경해보자.

"시스벨, 네 그림은 어때? 잘 진행되고 있어?"

별생각 없이.

그냥 살짝 구경해보자.

그런 가벼운 마음으로 그림을 들여다본 순간──.

"이게 뭐야?!"

충격.

동생이 그리는 그림을 본 앨리스는 눈을 휘둥그렇게 떴다.

"시, 시스벨, 이 그림은⋯⋯."

"휴. 이게 생각만큼 잘 그려지진 않네요. 오랜만에 그림을 그려서 실력이 녹슬었는지도 몰라요. 어머나? 언니, 왜 그러세요?"

동생이 이쪽을 돌아봤다.

시스벨 루 네뷸리스.

화려한 불그스름한 금빛 머리카락과 귀여운 외모. 어린 티가 남아 있는 몸매까지 다 포함해서 마치 인형처럼 사랑스러운 왕녀였다.

그런 여동생이——.

"아, 제 그림이요? 부끄럽네요. 오랜만에 그림을 그려서 완전히 실력이 형편없어졌어요."

"⋯⋯너무 잘 그린다."

"네?"

"아, 아니, 그냥 혼잣말한 거야!"

동생의 캔버스를 들여다보고 있다가 앨리스는 허둥지둥 시선을 딴 데로 돌렸다.

⋯⋯도, 도대체 뭐야?!

⋯⋯이 아이. **너무 잘 그리잖아!**

식물의 푸르고 싱싱한 느낌, 또 커튼을 통해 들어오는 햇살의

따스함이 은은한 터치로 멋지게 표현되어 있었다.

그야말로 정석적인 그림이었다.

이에 비해──.

왜 자신의 그림에는 이런 무서운 촉수가 그려져 있는 걸까.

"……흐, 흐응? 뭐야, 시스벨. 너도 제법 잘하네. 그, 그럭저럭 괜찮아 보여. 선생님의 가르침이 잘 반영된 것 같아."

"그러는 앨리스 언니는 어떤가요?"

"응?"

찔끔.

동생의 흥미진진한 눈빛. 앨리스는 흠칫하여 뒷걸음질 쳤다.

"제 그림을 보셨으니까, 언니의 그림도 보여주시면 좋겠어요."

"응? 나, 나는, 아직 검토 중이라고나 할까. 저기…… 밑그림 단계라고나 할까."

"이거군요."

"아, 안 돼, 시스벨! 아직──."

제지해봤자 너무 늦었다. 시스벨이 앨리스의 캔버스를 붙잡았다.

그리고 뚫어져라──.

진짜 구멍이 뚫릴 정도로 앨리스의 그림을 관찰하더니.

이어서.

"……풋."

"웃었어?! 너 지금 내 그림을 보고 웃었지, 시스벨?!"

"그럴 리가 없잖아요. 저는 순수하게 감동했을 뿐이에요……
후후, 킥킥."

그렇게 말하면서.

시스벨은 동정하는 듯한 희미한 쓴웃음을 감추려고 하지도 않
았다.

"이것 참…… 굉장한 그림이네요. 이 녹색 촉수는 도대체 뭘까
요. 기괴하고 불길하고, 게다가 좀 외설스러운 느낌도 들어요."

"외설스럽다고?!"

"설마 이것이 관엽 식물의 잎사귀라고 말씀하시려는 건가요?
이토록 독창적인 그림 실력이셨다니, 그저 부러울 따름입니다."

"크으으으으윽?!"

크나큰 오산이었다.

설마 동생이 이 정도로 정통파 회화 실력을 지니고 있을 줄이야.

"저, 저기요, 앨리스 왕녀님, 시스벨 왕녀님. 두 분 다 각자의
화풍과 개성이 있으니까, 그것은 참 좋은 일————."

"나와 대결하자, 시스벨!"

중재하려고 하는 미술 강사의 말을 가로막으면서 앨리스는 동
생에게 삿대질을 했다.

"고작 그림 한 장 가지고 나라는 인간 자체를 얕잡아 볼 생각이
라면, 그것은 심각한 실수야!"

"흠, 그래서요?"

"나는 아직 진짜 실력을 보여주지 않았어. 그리고 너에게는 진

정한 왕녀가 갖춰야 할 교양과 품격을 가르쳐줄 필요가 있는 것 같구나."

"진정한 왕녀? 후후, 그런 품격을 앨리스 언니가 지니고 있다고요?"

시스벨은 여전히 여유로운 태도를 유지했다.

아니, 오히려 작은 몸을 젖히면서 한껏 가슴을 폈다.

"물론 앨리스 언니는 뛰어난 것을 가지고 있죠. 전장에서 발휘되는 그 성령의 능력은 저에게는 없는 것이고, 그 파렴치할 정도로 훌륭한 가슴도 확실히 부럽긴 하지만⋯⋯."

"내 가슴이 어딜 봐서 파렴치하다는 거야?!"

"그러나! 왕녀의 품격에 관해서라면 언니가 나보다 더 나은 것은 단 하나도 없어요. 진정한 품격을 갖춘 왕녀는 바로 나, 제3왕녀 시스벨입니다!"

"⋯⋯말은 참 잘하네."

앨리스는 자신의 캔버스를 등 뒤에 숨기면서 동생을 똑바로 마주 봤다.

물론 동생인 시스벨은 귀여웠다.

아기 고양이처럼 사랑스러웠고, 또 왠지 장난스러운 미소도 매력적이었다.

그러나.

이렇게까지 언니에게 대든다면 이야기가 달라지는 것이었다.

"싸우자, 시스벨. 서로 왕녀와 왕녀의 자존심을 걸고!"

"진정한 왕녀를 결정짓는 품격 대결이라는 거죠? 네, 저도 바라던 바예요."

"언니보다 더 나은 동생은 없다. 그 사실을 가르쳐주겠어!"

"흥, 그런 동생이 여기 있는데요?"

기 싸움을 하는 자매.

차녀 앨리스와 삼녀 시스벨의 자존심을 건 대결. 그 싸움이 지금 여기서 시작되려고 했는데——.

똑똑.

두 사람이 있는 미술실 문을 누군가가 가볍게 두드렸다.

"앨리스, 시스벨. 여기 있니?"

상쾌한 목소리와 더불어 들어온 것은 절세의 미모라고 할 정도로 아름다운 미녀였다.

윤기 나는 에메랄드그린 머리카락과 앨리스보다도 더 풍만한 가슴이 인상적인——.

"일리티아 언니?!"

"언니, 어째서 여기 있는 거죠?!"

앨리스와 시스벨이 동시에 놀라서 소리를 질렀다.

"둘 다 오랜만이네. 건강해 보여서 참 다행이다."

생긋 웃는 미녀.

일리티아 루 네뷸리스. 이 여자가 바로 제1왕녀——즉, 앨리스와 시스벨의 언니이자 세 자매 중 장녀였다.

"어, 언니……!"

삼녀 시스벨이 쩔쩔맸다.

차녀 앨리스 앞에서는 그토록 강한 태도를 보였으면서, 마치 딴사람처럼 주눅 든 표정으로 말을 이었다.

"언니는, 해외로 유세를 하러 나간 줄 알았는데……."

"그 일이 끝나서 돌아온 거야. 너희 둘이 미술실에 있다는 이야기를 듣고 직접 만나러 가기로 한 거지."

미소 짓는 일리티아.

이어서 두 사람 뒤에 있는 미술 강사에게 시선을 돌렸다.

"어머, 안녕하세요. 궁정 화가 미켈란다로 선생님이시죠?"

"제, 제 이름을 아십니까?!"

"당연히 알죠."

"영광입니다. 일리티아 님, 나날이 더욱 눈부시게 아름다워지시는군요……!"

"후후, 과찬이십니다."

일리티아의 미모에 매료된 궁정 화가는 순식간에 흐물흐물하게 녹아버렸다.

그래, 이게 바로 언니 일리티아였다.

네뷸리스 황청 최고라고 소문난 여신과도 같은 색향으로, 그 어떤 남자도 쉽게 함락시켜버리는 것이다. 그 매력에는 앨리스나 시스벨도 당해낼 수 없었다.

"그런데 앨리스, 시스벨?"

일리티아가 다시 이쪽을 돌아봤다.

"너희들이 언성을 높이는 것 같던데. ……싸우면 안 돼, 알지?"

"싸움이 아니에요."

즉시 대답한 사람은 시스벨이었다.

"이것은 저와 앨리스 언니의 자존심을 건 결투입니다. 매우 정당한 것이에요."

"결투라니, 무엇을 하는데?"

"왕녀의 품격 대결입니다."

"……아, 그래?"

그 순간.

일리티아의 단아한 미소에 수상한 빛이 깃들었다.

"재미있을 것 같네."

"네? 저, 일리티아 언니?"

"좋아."

짝! 하고 손뼉을 치더니.

장녀 일리티아는 활짝 웃으며 선언했다.

"나도 참가할래."

"네?!"

"어, 언니, 잠깐만요, 왜 그러세요?!"

앨리스와 시스벨은 제 귀를 의심했다. 잠깐만. 그건 곤란하다. **상상을 초월하는 강적이었다.**

"일리티아 언니, 잠깐만요! 이것은 오로지 저와 앨리스 언니의 사적인 대결일 뿐이고…… 어, 그러니까……."

"시스벨? 이런 즐거운 행사는 다 함께 즐겨야 하지 않겠니?"

가볍게 넘겨버리는 일리티아.

"아, 그래. 심사위원으로 대신을 초대하고, 여왕님과 민중도 관객으로 부르자."

"저, 저기요, 그게 아니라니까요, 언니?!"

"──시스벨."

번쩍.

일리티아의 눈이 빛났다.

"네가 아까 말했지? **'진정한 품격을 갖춘 왕녀는 바로 나, 시스벨입니다'**라고. 안 그래?"

"그걸 다 듣고 있었어요오오오오오?!"

장녀의 자존심에 불을 붙였다.

잠자는 사자도 아니고 잠자는 용을 때려서 깨워버린 것이다. 그 사실을 깨달았을 때는 이미 수습하기에는 너무 늦었다.

"그, 그건, 앨리스 언니가 그렇게 말해서, 저도 반사적으로 대꾸한 것이고……."

"저기, 시스벨?! 그걸 내 탓으로 돌리려는 거야?!"

"자, 그럼 즐겁게 기대할게."

몹시 당황한 차녀와 삼녀를 내버려 두고 장녀 일리티아는 혼자 한껏 들떠서 그렇게 말을 했다.

그리하여──.

네뷸리스 황청, 왕녀 세 자매가 참전하는 「제1회 : 진정한 왕녀 결정전」 개최가 결정됐다.

그 결전 전야.

왕녀의 자존심을 건 싸움을 앞두고———.

"작전회의를 하자!"

앨리스는 린을 자기 방으로 불렀다.

"그 대결이 정해진 다음부터는 나도 가능한 한 왕녀다운 품격을 갖추기 위해 노력해왔지만, 그래도 준비가 완벽하다고는 할 수 없어⋯⋯."

황청의 왕녀인 앨리스는 여왕의 보좌관 역할도 겸하고 있었다.

즉, 정신없이 바빴다.

중요한 회의에도 출석하고, 외국의 귀빈들에게도 인사를 해야 했다.

"시간은 한정되어 있었어⋯⋯."

자투리 시간을 찾아내서 왕녀다운 교양과 기품을 습득하기 위해 노력해왔다.

하지만 그것은 나머지 두 사람도 마찬가지였다.

장녀 일리티아와 삼녀 시스벨도 자기 나름대로 「왕녀다움」을 갈고닦고 있다는 정보는 이미 입수했다.

"린, 솔직히 말해봐."

앨리스는 시종의 눈을 똑바로 바라보면서 고개를 끄덕거렸다.

"내일 나의 승률은 어느 정도일 것 같아?"

"……승률 말입니까."

"응. 예의 차릴 필요는 없어. 네 속마음을 솔직히 말해줘."

"0.02%."

"속마음이 너무 노골적인데?!"

쾅! 하고 책상을 치면서 일어났다.

"결전 전야잖아. 주인인 내가 긴장하고 있으니까, 여기서는 적어도 40이나 50%는 된다고 해야 할 거 아냐?!"

"예의 차릴 필요는 없다고 말한 사람은 앨리스 님이시잖아요."

"……그, 그건, 그렇지만."

세 자매가 싸워서 승자를 결정한다.

단순한 승률을 계산한다면 1/3이니까 앨리스도 대충 그런 대답을 기대했었는데.

"저기, 린. 그 숫자는 어떻게 계산한 거니?"

"상대가 시스벨 님이라면 승률은 40%. 아니, 내일 종목에 따라서는 팽팽한 접전을 벌일 수도 있을 겁니다."

"그래? 그럼 왜……."

"일리티아 님이 계시잖아요."

린이 단언했다.

"물론 앨리스 님이 훌륭한 왕녀인 것은 사실입니다. 그러나 그분의 넘치는 미모와 저절로 배어 나오는 고귀한 품격은 네뷸리스 왕가 역사상 비교될 만한 사람이 없을 정도입니다."

"……으윽?!"

"뭐, 이제는 결전 당일에. 일리티아 님이 우연히 배탈이 나서 참가하지 않기를 바라는 수밖에 없겠네요."

"속수무책인 거잖아?!"

"네. 그래서 0.02% 정도라고 한 겁니다."

"린, 너무해!"

이러면 작전회의고 뭐고 할 수도 없잖아.

……아니, 아니야.

……실은 이미 알고 있었다.

언니보다 더 나은 동생은 없다. 장녀 일리티아는 그야말로 그 말을 상징하는 존재였다.

이 황청에서 그 누구보다도 청초하고 아름다운 데다가 교양까지 겸비했으니까.

상대가 너무 강했다.

이것이 전장이었다면 황청의 최강 전력으로 평가받는 앨리스의 독무대일 테지만, 내일 벌이는 싸움은 그 주제만 봐도 앨리스가 너무나 불리했다.

"어쩌면 좋지……?"

딸랑.

그 순간, 한밤중에 앨리스의 방에서 초인종 소리가 울려 퍼졌다.

"……실례합니다."

"어, 시스벨?!"

들어온 사람은 여동생이었다. 앨리스는 제 눈을 의심했다.

내일은 서로 적이 될 텐데.

이렇게 밤늦은 시각에 방에 찾아오다니, 도대체 무슨 일인 걸까?

"어쩐 일이야? 시스벨."

"……앨리스 언니. 언니에게 하고 싶은 이야기가 있어요."

문을 닫는 동생.

앨리스와 린, 두 사람을 차례로 쳐다보더니 말했다.

"아, 그렇군요. 보아하니 둘이서 작전회의를 하고 있었나 봐요? 내일 결전에 대비해서."

"윽! 그, 그건, 비밀이야!"

"숨길 필요 없습니다. 저도 그 건으로 하고 싶은 이야기가 있어요."

"……하고 싶은 이야기?"

"네. 단도직입적으로 말씀드리겠습니다."

휴 하고.

시스벨이 크게 심호흡을 하더니. 이어서.

"같이 싸워야 해요."

"……뭐?"

"앨리스 언니, 언니도 실은 알고 있잖아요? 내일 그 싸움에서 우리는 일리티아 언니를 이길 수 없어요."

"!"

"오산이었습니다. 설마 일리티아 언니가 예정보다 일찍 귀국할

169

줄이야……."

시스벨이 주먹을 꽉 쥐었다.

적의 전력을 잘못 파악한──군사(軍師) 같은 표정이었다.

"분하지만 일리티아 언니의 미모는 세계 최고입니다. 외모도 아름답고 머리도 좋고, 기품과 매력도 있어요. 그야말로 궁극의 완전체 퍼펙트 언니라고 해도 될 정도입니다. 차녀와는 하늘과 땅 차이예요."

"지금 뭐라고 했니?"

"신경 쓰지 마세요. 아무튼 저희가 각개전투를 해봤자 도저히 당해낼 수 없다는 것은 사실이잖아요?"

"……그건 그래."

시스벨의 질문에 앨리스도 마지못해 고개를 끄덕이더니.

"아니, 잠깐만. 시스벨. 내일은 세 자매가 삼파전을 벌이는 거잖아? 그중 두 사람이 제멋대로 손을 잡는다면, 그건 규칙 위반……."

"아뇨, 걱정 마세요. 저도 삼파전이라는 규칙을 어길 마음은 없습니다. 다만 우선 일리티아 언니를 쓰러뜨린다. 단지 그뿐이에요."

맨 처음에 강적을 탈락시킨다.

그 후 정식으로 둘이서 최종 결전으로 넘어가면 되는 것이다.

마지막에 이기는 사람은 단 한 명.

"원래 우리 두 사람의 시합이었습니다. 그런데 거기 제멋대로 끼어든 것은 일리티아 언니예요."

"……맞아, 그건 그래."

망설일 여유는 없었다.

이미 결전은 내일로 닥쳐왔다.

"시스벨——."

동생의 이름을 부르더니.

앨리스는 오른손을 내밀었다.

"우리 둘이 힘을 합쳐서 무적의 언니를 쓰러뜨리자!"

"네!"

이리하여.

한밤중의 밀담 끝에, 차녀와 삼녀는 서로 굳게 손을 잡았다.

2

결전 당일——.

앨리스와 시스벨이 대회장 홀에서 본 것은, 들어갈 자리가 없을 정도로 잔뜩 모여든 열광적인 관객들이었다.

『자, 이제 주인공들이 다 모였습니다!』

해설자 역할은 놀랍게도 방위대신(防衛大臣)이었다.

내각 회의에서는 언제나 불쾌한 듯이 뚱한 표정을 짓고 있는데, 오늘은 정말로 신이 난 것 같았다.

『오늘 밤 모인 사람들은 '내가 바로 진정한 왕녀이다!'라고 주장하는, 하나같이 청순가련한 세 자매. 그들이 이제 자존심을 걸고 격돌합니다!』

우와아아아아아아아!

관객의 성대한 박수와 함성이 홀을 뒤흔들었다.

"엄청나게 주목을 받고 있구나……."

"흥, 그거야 당연하죠."

"시스벨 님!" 하고 부르는 관객에게 사랑스러운 미소로 화답한 시스벨은 적당히 만족한 듯한 표정으로 말을 이었다.

"저는 사람들 앞에 나서는 것을 별로 좋아하지 않습니다만, 이렇게까지 사람들이 기대해준다면 이야기가 달라지죠. 저의 왕녀 파워를 마음껏 보여드리겠어요."

"왕녀 파워라고?"

"네. 왕녀의 품격을 수치화한 것입니다. 사전 조사에 의하면, 앨리스 언니를 9점이라고 하면 저는 200점."

"아무리 봐도 불평등하잖아?!"

"아뇨. 괄목할 만한 것은 일리티아 언니의 점수입니다. 그것은 무려………… 어라?"

시스벨이 어리둥절하여 눈을 깜빡거렸다.

그러고 보니 언니는 어디 갔을까?

이미 대회장에 와 있어야 할 시간인데.

"이상하다. 일리티아 언니는 어디 있지?"

"앗, 저기예요! 앨리스 언니!"

시스벨이 손가락으로 가리킨 관객석.

유난히 많은 사람이 모여 있는 곳. 그 한가운데에서는 바구니에 수북이 담은 쿠키를 나눠주면서 돌아다니는 장녀 일리티아가 있었다.

"안녕하세요, 여러분. 이것은 제가 직접 만든 쿠키입니다. 자, 사양 말고 하나씩 집어서 맛을 보세요."

"저, 저게 뭐야?!"

앨리스도 반사적으로 '아차' 하고 후회했다.

실수했구나.

아마 언니는 자기들보다 훨씬 먼저 대회장에 도착해서 관객들에게 쿠키를 나눠주고 있었을 것이다.

게다가 참 꼼꼼하게 쿠키 표면에는 초콜릿으로 「일리티아」라는 이름도 적어놓았다.

이런 선물을 받는다면 틀림없이 호감도도 올라갈 것이다.

"……큰일 났어. 시스벨. 저런 짓을 한다면, 대회장의 모든 사람이 일리티아 언니의 편이 될 거야!"

"크윽! 저런 전법을 쓰다니!"

시스벨도 분하다는 듯이 이를 갈았다.

싸움은 이미 시작됐다.

"일리티아 언니, 비열한 행위는 그만 하세요!"

"어머? 앨리스. 시스벨. 안녕?"

여유롭게 이쪽을 돌아보는 장녀.

더없이 상쾌한 미소였는데, 이것도 전부 다 관객을 의식한 행동임이 틀림없었다.

"……결전의 순간이 왔습니다."

시스벨이 언니를 쳐다보면서 말했다.

"각오하세요! 오늘은 반드시 언니의 아성을 무너뜨리겠습니다!"

"어머나, 시스벨. 투지가 넘치네. 하지만 나도 오늘 대결에는 나름대로 자신이 있어. 그렇죠? 해설자 방위대신."

『네, 그렇습니다!』

또다시 마이크를 쥐는 방위대신.

『오늘의「제1회 : 진정한 왕녀 결정전」은 총 세 판 승부. 즉, 세 가지 분야로 나눠서 왕녀에게 어울리는 품격을 평가할 겁니다! 그리고 관객의 승리자 예상에 의하면, 일리티아 왕녀님이 벌써 압도적인 인기를 보여주고 있습니다!』

"……응, 그렇다고 하는데?"

후후 하고 시스벨을 보면서 어른스럽게 웃는 장녀 일리티아.

"나는 말이지, 네가 앨리스와 둘이 한꺼번에 나에게 덤벼도 된다고 생각했을 정도야."

"_____."

"왜냐하면 나는 장녀잖아? 그 정도 핸디캡은 있어도 되지 않을까."

"……훗. 뭐예요, 자만심에 빠지셨네요?!"

그러면서 시스벨이 삿대질을 했다.

"그 말이 나오기를 기다리고 있었어요. 좋아요, 그럼 일리티아

언니의 제안대로, 저와 앨리스 언니는 한 팀이 되겠습니다!"

『아, 아니, 뭐라고요?!』

우와아아! 하고 관객석이 들끓었다.

『상상을 초월하는 사태입니다. 놀랍게도 이 마지막 순간에, 왕녀 두 사람이 공식 팀을 결성했군요?!』

"생각 없는 도발은 자멸을 초래하는 법입니다. 왕녀가 설마 한 입으로 두말을 하지는 않을 테죠?"

"응, 물론이지."

생긋 웃으며 대꾸하는 일리티아.

동생들 두 명이 손잡음으로써 자기만 고립되어버린 이 상황조차도 오히려 즐기고 있는 것처럼 보였다.

"그 여유를 무너뜨려줄게요. 이것은 하극상입니다."

시스벨이 장녀를 손가락으로 가리키면서 말했다.

"이 싸움은 더 이상 삼파전이 아닙니다. 즉,『궁극의 완전체 퍼펙트 언니 vs 못난 차녀와 사랑스러운 삼녀』라는 구도예요!"

"못난 차녀라니, 그게 누구지?!"

역시 일리티아 언니 편을 드는 게 나을까?

앨리스가 그런 생각을 하고 있는데 나팔 소리가 울려 퍼졌다.

『시합 개시!』

사회자가 소리 높여 선언했다.

『왕녀의 품격 세 판 승부──, 첫 번째! 이 나라의 왕녀에게 걸맞은「교양」으로 겨뤄주시길 바랍니다!』

"교양! 좋아, 이건 예상했던 거야."

주제가 모니터에 표시되자, 그걸 본 앨리스는 힘차게 고개를 끄덕였다.

왕녀의 품격이란?

제일 먼저 중요시되는 요소는 총명함이다. 국정을 책임지는 사람으로서 이「교양」은 필수라고 할 만했다.

……그래서 예상했지.

……이것은 이미 린과 함께 특훈했어!

앨리스는 매일 밤 잠자기 전에 린과 함께 역사서나 철학서를 열심히 읽었다.

지식도 완벽하게 머릿속에 꽉 채워 넣었다.

『이 주제는 퀴즈 형식입니다. 지금부터 우리나라와 관련된 교양 문제를 출제하겠습니다. 정답을 아는 왕녀님은 버튼을 눌러주세요.』

"시스벨. 자신 있어?"

"흐음? 지금 누구한테 그런 말을 하는 거예요? 앨리스 언니."

시스벨이 주먹을 불끈 쥐었다.

그렇다. 이 주제가 발표된 순간, 누구보다도 자신만만하게 히죽 웃은 사람이 바로 이 삼녀였다.

"평소에도 늘 방에 틀어박혀서 독서로 반생을 보내온 저의 풍부한 지식. 여기서 보여드릴게요!"

"퀴즈 형식이라고? 아아, 난감하네……."

한편.

주제를 보자마자 "휴" 하고 한숨을 쉰 사람은 장녀 일리티아
였다.

"시험 같은 필기 형식이면 더 좋았을 텐데. 나는 워낙 굼떠서
버튼을 잘 누를 수 있을지 걱정이야……."

일부러 그런 척 연기하는 것이 아니었다.

이 언니의 표정을 보니, 진심으로 난감해하는 반응이었다.

"시스벨. 우리는 할 수 있어!"

"네. 저를 방해하지는 말아주세요, 앨리스 언니!"

장녀 VS 차녀&삼녀.

수많은 관객이 지켜보는 가운데, 사회자 역할을 맡은 방위대신
이 퀴즈를 읽었다.

『1번 문제.』

『우리 황청의 산업 분야 문제입니다. 행사나 장식에서 빠지지
않고 사용되는, 이 황청을 대표하는 보석은──.』

딩동.

버튼을 누른 시스벨이 몸을 앞으로 쑥 내밀면서 말했다.

"네! 우리 황청을 상징하는 보석, 그것은 블루 사파이어입니다."

『오답입니다!』

"……네?!"

『문제는, 이 황청을 대표하는 보석은 블루 사파이어입니다. 그러
면 그것이 제일 많이 채굴되는 주(州)는 어디일까요? ──입니다.』

"아차!"

시스벨의 얼굴이 새파랗게 질렸다.

"너무 열중한 나머지, 문제를 다 듣지도 않고 대답한 것이 실수였어요……!"

"시스벨, 도대체 뭐 하는 거야?!"

그러나 그 심정은 이해가 갔다.

1초라도 빨리 버튼을 누르고 싶은 것은 퀴즈 참가자의 기본 심리이므로.

『오답 페널티로 시스벨 왕녀님은 10초 동안 대답할 권리를 잃게 됩니다.』

"앨리스 언니!"

옆자리에서 시스벨이 소리를 질렀다.

"빨리! 일리티아 언니보다 빨리 버튼을 눌러요!"

"나, 나도 알아!"

딩동.

딩동.

『오, 동시에 눌렀네요?! 하, 하지만, 아주 약간 앨리스 왕녀님이 빨랐나요?!』

"어머, 아쉬워라."

일리티아가 아쉬워했지만, 앨리스에게는 구사일생이었다.

『앨리스 왕녀님. 자, 대답해주세요!』

"다, 답은, 제4주 헤센이야."

『＿＿＿＿.』

"어, 어라?"

쥐 죽은 듯 조용해지는 장내.

혹시 틀렸나?

그러고 보니 제6주였던 것 같기도 하다. 앨리스의 뺨을 타고 식은땀이 주르륵 흘러내리는 상황에서.

『정답입니다아앗!』

우와아아아아아!

관객의 폭발적인 박수 소리가 앨리스를 덮쳤다.

"해, 해냈어?! 내가 정답을 맞혔구나!"

"잘했어요!"

삼녀도 이번에는 기뻐하면서 주먹을 불끈 쥐었다.

"전혀 도움이 안 될 것 같아서 반쯤 포기해버렸던 앨리스 언니가, 설마 도움이 될 줄이야!"

"……너 지금 뭐라고 했니?"

"자, 언니. 이대로 쭉 가요. 다음 문제도 우리가 맞히는 거예요!"

퀴즈는 세 문제.

1번 문제는 우리가 맞혔다.

하나만 더 맞히면 교양 부문은 우리가 이기는 것이다.

『네, 그럼 2번 문제. 단, 지금까지는 준비운동이었습니다. 다음부터는 난이도가 눈에 띄게 올라갑니다. 다들 준비는 되셨죠?!』

"됐어."

"저는 자신 있어요!"

"글쎄……. 버튼을 잘 누를 수 있을까?"

그런 세 자매를 향해 사회자가 또다시 마이크를 쥐고 이야기했다.

『퀴즈, 2번 문제! 우리 황청의 행사와 관련된 문제입니다. 올해 제8주 리스바텐에서 벌어진「달려라, 고양이 대경주(大競走)」에서 우승한 아기 고양이의 이름은 무엇일까요?!』

"그걸 어떻게 맞혀?!"

"너무 편협한 난문이잖아요?!"

딩동.

항의하는 두 자매 옆에서 버튼 누르는 소리가 들렸다.

"……아아, 다행이다. 드디어 누르는 데 성공했어. 또 선수를 빼앗기면 어쩌나 하고 걱정했는데."

휴 하고.

일리티아가 과장되게 이마의 땀을 닦는 시늉을 하더니.

"올해 우승한 고양이는 사바나 샴고양이인 야마다. 맞지?"

『정답입니다! 역시 제1왕녀님은 우리 황청의 모든 행사도 다 파악하고 계시는군요!』

우와아아아!

좀 전에 앨리스가 정답을 맞혔을 때와 같은, 아니, 그보다 더 커다란 박수가 객석에서 터져 나왔다.

"시스벨! 너 자신 있는 거 아니었어?!"

"애, 앨리스 언니, 그러는 언니는 어떻고요?!"

앨리스와 시스벨의 마음속에 생겨나는 초조함.

동점이 됐다.

"시스벨, 너 알지? 다음 문제는 꼭 맞혀야 해!"

"물론이죠, 무조건 사수할 거예요!"

자매는 깨달았다.

역시 일리티아는 무섭도록 만만찮은 상대였다. 자신 있는 교양 부문에서도, 둘이 힘을 합쳐도 지식의 양으로는 일리티아를 못 당해낼지도 모른다.

"승리하려면……."

"먼저 버튼을 눌러야 한다!"

지식으로 이길 수 없다면 속도로 이긴다.

이쪽은 두 명이다.

둘 중 하나가 일리티아보다 먼저 버튼을 눌러서 정답을 맞힐 권리를 차지하면 된다.

『네, 그럼 마지막 문제. 우리 황청에서 가장 이름이 긴 대신——.』

딩동.

버튼을 누른 사람은 앨리스도 아니고, 시스벨도 아니었다.

"어?"

"……서, 설마?!"

차녀와 삼녀와 관객의 시선이 일제히 일리티아에게 쏠렸다.

아직 문제를 다 읽지도 않았는데 버튼을 누르다니?

『아, 아니, 일리티아 왕녀님이 버튼을 누르셨군요. 그런데 문제는 아직 출제 도중입니다. 괜찮은 걸까요, 자신은 있는 걸까요, 제1왕녀님!』

"글쎄."

뺨에 손을 대고 일리티아가 생각에 잠긴 섯처럼 허공으로 시선을 던졌다.

그러더니.

"가장 이름이 긴 대신은『디에고 호세 프란시스코 데 파울라 판 네폼세노 마리아 데 로스 레메디오스 크리스핀』……이라고 하고 싶지만."

피식.

귀여운 악마처럼 장난스러운 미소를 지으면서 일리티아가 말을 이었다.

"내 생각에는, 『가장 이름이 긴 대신이 사랑했던 시집은?』──이라는 문제일 거야. 그러니까 정답은『사랑하고 사랑하라, 햇살의 소녀여』야."

『정답입니다! 훌륭해요!』

성대한 갈채.

이에 대해서는 관객도 일제히 벌떡 일어나서 기립 박수를 보냈다.

한편.

"이게 말이 돼?!"

"사기잖아요! 아무리 일리티아 언니가 머리가 좋아도, 방금 그 문제를 다 읽기도 전에 알아맞힌다는 것은 불가능해요!"

앨리스와 시스벨은 필사적으로 저항을 계속했다.

"정정당당하게 다시 싸우는 것을 요청——."

"아니야, 앨리스, 시스벨."

일리티아가 이쪽을 돌아봤다.

"나는 말이지, 방금 퀴즈가 출제되기 시작한 순간에 이미 답을 알았어."

우아한 동작으로 일리티아가 홀의 벽을 가리켰다.

"저거 봐, 디에고(이하 생략) 대신의 애독서는 저기 있잖아?"

"……네?"

"……저기라니요?"

벽을 우러러본 앨리스와 시스벨은 동시에 놀라서 숨을 들이켰다.

성의 홀에 걸려 있는 초상화.

역대 왕가에 공헌해온 대신들의 초상화인데, 그중에는 정말로 한 권의 시집을 옆구리에 끼고 있는 남자의 모습이 있었다.

"이럴 수가?!"

"서, 설마!"

답은 처음부터 대회장 안에 있었다.

완벽한 맹점이었다.

"너희 둘 다 알겠니? 방금 그 퀴즈는 일견 황당무계한 난문처럼 느껴져도——."

일리티아는 양팔을 벌리더니.

관객석을 둘러보면서 이야기했다.

"이 성을 사랑하고, 이 성에서 평소에도 산책하는 사람이라면 저 초상화도 자연스럽게 눈에 들어오니까. 안 그래? 그래서 문제도 먼저 예상할 수 있었던 거야."

"……윽?!"

"……하, 하지만……."

"또 두 번째 퀴즈도 그래."

주춤거리는 앨리스와 시스벨을 상대로 장녀는 계속해서 이야기했다.

"너희들은 고양이 야마다의 이름을 몰랐지만, 사실 그 고양이는 대회 우승 기념으로 이 성에 초대된 적이 있었어."

"뭐?"

"……그, 그게 정말인가요?"

"응. 여왕님과도 기념 촬영을 했다는 소식이 당시 신문에 게재됐었어."

두 여동생은 몰랐다.

그러나 장녀 일리티아는 유일하게 뉴스를 잘 체크해서 기억하고 있었다.

"왕녀에게 필요한 교양은, 책에서 얻어지는 지식이 전부가 아니야. 이 나라의 변화를 항상 흥미롭게 관찰해야 해. 어때, 참고

되었니?"

그리고 귀엽게 윙크했다.

논리 정연하고 우아한 이야기를 할 뿐만 아니라, 자신의 여유로움을 관객에게 보여주는 것도 잊지 않았다.

——이것이 바로 왕녀의 품격.

파고들 수 있는 빈틈이 전혀 없었다. 그야말로 퍼펙트였다.

"……여, 역시, 강하네요."

시스벨이 전율했다.

"이 싸움, 앨리스 언니 같은 약자와 손잡으면 이기지 못할지도 몰라요……!"

"1번 문제를 화려하게 틀린 사람이 도대체 누구인데?!"

아직 포기하기에는 일렀다.

벌써 상대가 멋지게 왕녀의 품격을 증명해버렸지만, 여기서 백기를 든다면 왕녀 실격일 것이다.

"윽…… 방위대신!"

『지금은 사회자입니다만.』

"그, 그럼, 사회자 님. 다음 주제를 발표해줘!"

『오~ 앨리스리제 왕녀님. 벌써 설욕의 의지를 불태우고 있군요! 아~ 좋아요, 좋아요. 아름다운 왕녀들의 경연!』

"그런 말은 안 해도 돼!"

『왕녀의 품격 세 판 승부——다음 주제는 예술입니다.』

나왔다!

예상대로 나왔구나!

"……이게 나오기를 기다렸어!"

앨리스는 주먹을 꽉 쥐었다.

이것도 미리 상정한 것이었다.

애초에 자신과 시스벨이 대립하게 된 원인이 그림 실력이었으니까. 이 주제도 반드시 나올 거라고 예상했었다.

"시스벨, 너와 직접 대결하지 못하는 것이 유감이야."

"흐음? 앨리스 언니. 그 자신만만한 모습을 보니, 상당히 수련을 쌓으신 것 같네요."

"물론이지."

그날 이후로 앨리스는 하루에 한 장씩 꾸준히 데생을 했다.

틀림없이 이전보다 그림 실력은 좋아졌을 것이다!

유일한 걱정거리는 장녀 일리티아도 그림을 잘 그린다는 것인데…….

"아냐, 자신감을 가지자. 오늘까지 피나게 연습했으니까──."

『네, 그럼 왕녀님 세 분. 앞치마를 착용해주세요.』

"……앞치마?"

『주제는 예술. 이번에는 미식(美食)으로 승부를 겨룰 겁니다.』

"뭐, 요리라고?!"

『네. 미식도 근현대 들어서는 훌륭한 예술로 간주하고 있으니까요.』

큰일 났다.

시스벨을 돌아봤더니, 동생도 똑같이 파랗게 질린 얼굴을 하고 있었다.

"언니. 요리는 어느 정도 할 줄 알아요?"

"……전혀."

왕녀는 요리하지 않는다. 애초에 왕궁 전속 요리사가 있으니까. 앨리스도 기껏해야 사과 껍질이나 깎는 수준이었다.

그렇다면 언니는?

……아까 나눠준 쿠키.

……그것은 분명히 수제 쿠키였을 것이다.

요리에 자신 있다는 증거였다.

이거 상당히 힘든 싸움이 될 것 같았다.

『자, 왕궁의 주방에서 가져온 다양한 식자재들이 도착했습니다!』

운반되어 오는 식자재들.

황청의 산과 바다에서 난 훌륭한 식자재들이 쟁반에 가득 담겨 나왔다.

『테마는「왕녀에게 걸맞은 일품요리」입니다. 제한 시간은 한 시간. 자, 그럼 시작합니다!』

"너무 급하잖아?!"

"조리법을 생각할 시간조차 안 주는 겁니까?!"

허둥지둥 앞치마를 걸친 것은 좋은데, 무엇을 만들면 될지 알 수 없었다.

그 와중에.

"아, 그래. **그것**을 만들어볼까."

참으로 의미심장한 대사를 남기고 가볍게 식자재 쪽으로 걸어가는 일리티아.

그녀가 집은 것은 달걀이었다.

"앨리스 언니! 우리도 달걀로 대항해야 한다고 생각해요!"

"좋은 아이디어야, 시스벨! 너 달걀 요리를 잘 아는 거지?!"

"…………."

"그냥 대항 의식을 불태워본 거니?!"

앨리스의 손안에는 달걀이 두 개 있었다.

자, 그럼 이것으로 무엇을 만들까…… 하고 망설이고 싶어도, 굳이 선택할 정도로 다양한 메뉴도 떠오르지 않았다.

삶은 달걀, 달걀 프라이.

앨리스가 그나마 요리사에게 배운 것은 그 두 가지가 전부였다.

"아. 하지만 푸딩이라면 린과 함께 만들어본 적이 있어. 저기, 시스벨. 너는――."

"꺄아아아아악?!"

바로 그 순간. 양팔로 달걀을 잔뜩 끌어안은 시스벨이 참으로 한심한 비명을 지르면서 넘어졌다.

"아아, 어떡해애애?! 달걀이 깨져서, 내, 내 머리가 끈적끈적해졌어요!"

"…………."

"앨리스 언니, 가만히 보지만 말고 도와주세요. 동맹을 맺었으니 협력을 해야지요. 1+1=2가 된다. 그것이 결속의 힘!"

"넌 방해만 되잖아. 1-1이라서 0이 되는 거 아냐?!"

주방 바닥을 대청소했다.

그러는 동안에도 점점 종료 시각이 다가왔다.

남은 시간은 40분.

장녀 일리티아는 콧노래를 부르면서 우아하게 요리를 해나가고 있었다.

"으음…… 그런데 달걀 껍데기는 반들반들 미끄러우면서 딱딱하네요. 식칼로는 좀처럼 자르기 어려워요."

달걀 껍데기를 식칼로 찌르는 시스벨.

"시스벨, 뭐 하는 거니?"

"뭐 하긴요. 달걀 껍데기를 벗기려고 하는 거죠. 식칼로."

"식칼은 필요 없어. 자, 이렇게 달걀 껍데기를 테이블의 판판한 곳에 대고 두드리면……."

"앗?!"

시스벨의 눈이 동그래졌다.

"세상에, 그런 획기적인 수법이 있었어요?!"

"……시스벨. 넌 요리를 해본 적이 없구나?"

"후후. 나 참, 무슨 말씀을 하시나 했더니."

그러면서 윤기 나는 불그스름한 금빛 머리카락을 가볍게 날리는 시스벨.

"이래 봬도 저는 맛 평가에 관해서는 남들보다 더 엄격하답니다.”

“먹는 것만 전문이야?! 아아, 잠깐만. 이제는 시간이 없어!”

그들이 가지고 있는 것은 날달걀.

즉, 요리가 전혀 진행되지 않았다.

“시스벨, 내가 달걀을 깨서 풀어놓을 테니까, 너는 그것을 전자레인지에 넣고 데워줘!”

“전자레인지는 어떻게 사용하는 건지 몰라요!”

“뭐 이렇게 무능한 왕녀가 다 있지?!”

자기도 결코 요리를 잘하는 편은 아니었지만, 전자레인지도 사용할 줄 모르는 완전 생초보는 처음 봤다.

정말로 손에 물 한 방울 안 묻히고 곱게 자란 아가씨였다.

『이제 10분 남았습니다.』

“아앗…… 큰일 났어, 어쩌지?!”

시간은 잔인하게 흘러갔다.

앨리스가 분투했음에도 불구하고──.

『자, 거기까지!』

사회자의 목소리가 울려 퍼졌다.

『결과를 발표합니다. 일리티아 왕녀님의 작품은 「황금빛으로 빛나는 달걀과 치즈 밀푀유 케이크」, 이건 대회장의 여자들도 극찬을 아끼지 않을 정도입니다! 그리고 앨리스 & 시스벨 왕녀님은………….』

대회장이 쥐 죽은 듯이 조용해졌다.

앨리스 & 시스벨의 테이블에 놓여 있는 음식은. 껍질조차 까지 않은──.

"……삶은 달걀이야."

이것도 많이 노력한 결과였다.

시스벨 때문에 결국 급히 메뉴를 변경했다.

남은 시간 내에 앨리스가 만들 수 있는 음식은 이것밖에 없었다.

"……휴."

시스벨이 조용히 한숨을 쉬었다.

"앨리스 언니. 언니는 좀 더 도움이 될 줄 알았는데요."

"그건 내가 할 말이거든?!"

나름대로 건투했다.

그러나 승패는 이미 결정났다.

왕녀의 품격 세 판 승부 중 교양(퀴즈)과 예술(미식). 이 두 종목의 승리를 빼앗김으로써, 이번 싸움에서는 장녀 일리티아가 승리──.

『자, 그럼 최후의 결전을 벌입시다.』

"?!"

흥분하는 관객들.

사회자의 한마디에 앨리스와 시스벨은 서로 얼굴을 마주 봤다.

우리가 진 거 아닌가?

『이 세 판 승부는 후반으로 갈수록 점수가 높아지는 계단식 배점입니다. 「교양」은 1점, 「예술」은 2점, 그리고 마지막 점수는 놀람게도──.』

"3점?!"

『10점입니다.』

"지금까지 했던 싸움은 도대체 뭐였는데?!"

그래도 구사일생으로 살았다.

아니, 오히려 가장 화려한 역전극을 연출할 수 있는 것은 우리가 아닐까?

"앨리스 언니, 이거 혹시 역전의 기회 아닐까요?"

"맞아, 시스벨. 세 번째 주제가 진짜로 우리의 운명을 결정지을 거야. 자, 사회자 씨. 마지막 주제는?!"

『「아름다움」입니다!』

옷장이 회장으로 운반됐다.

그 안에는 황청의 호화로운 명품 드레스들이 빽빽하게 걸려 있었다.

『누가 제일 아름답게 치장할 수 있는가. 패션 센스, 미적 감각. 이른바 「외모의 기품」의 종합 능력으로 대결해주시길 바랍니다!』

"……외모."

"……패션."

『어? 왜 그러십니까, 앨리스 왕녀님, 시스벨 왕녀님?』

우울하게.

"……휴."

무거운 한숨을 내쉬더니, 앨리스는 동생을 보고 고개를 끄덕거렸다.

"……이만 돌아갈까? 시스벨."

"……네, 그래요. 언니."

『두 분 다 왜 그러세요?! 마치 전의를 상실한 것처럼 보이는데──.』

그 순간.

옷을 갈아입는 시착실 안에서 경쾌한 목소리가 들려왔다.

"네. 저는 옷을 다 갈아입었어요. 여러분, 어떤가요?"

풍성한 에메랄드그린 머리카락을 휘날리면서 등장한 것은 예쁘게 치장한 일리티아였다.

그 모습을 한번 보자마자.

『……아하, 그렇군요.』

그 자리에 있는 모든 사람이 이해했다.

아, **이건 못 이긴다.**

"후후. 처음 입는 드레스라서 가슴이 좀 답답하지만, 정말 예쁜 옷이 있어서 입어봤어요."

차분하게 미소를 짓는 일리티아. 허벅지에 대담한 슬릿이 있는 진홍색 드레스를 입고 있었다. 자애와 고귀함이 깃든 눈빛과 굽이치는 에메랄드그린의 풍성한 머리카락이 참으로 매력적이었다.

흘러넘치는 어른의 색향과 기품을 지닌 경국지색──.

관객들이 순식간에 조용해졌다.

과하게 넘쳐흐르는 그 매력에 홀려서 말문이 막혀버린 것이다.

"……아, 역시. 이거 봐."

"……이렇게 될 줄 알았어요."

차녀와 삼녀가 절대로 이기지 못하는 것.

그것이 이 「색향」이었다.

물론 그 두 사람도 황청에서 손꼽히는 미소녀였지만, 일리티아의 미모는 공상 세계의 여신님이나 마찬가지였다.

"……일리티아 언니가 마음먹고 예쁘게 꾸미면, 이곳에 있는 관객들은 당연히 모두 다 마음을 빼앗겨버릴 테니까요."

"……대결 주제가 안 좋았어."

슬그머니 대회장을 뒤로했다.

앨리스와 시스벨이 사라졌다는 사실조차 아무도 눈치채지 못한 채──.

"여러분, 성원을 보내줘서 고마워요. 앙코르에 응하여 다음 옷으로 갈아입어볼까요?"

장녀 일리티아의 단독 패션쇼가 시작되었고.

"어휴, 정말. 앨리스 언니가 좀 더 능력이 있었으면…… ."

"그건 내가 할 말이거든?!"

자매의 말다툼 소리가 나지막하게 복도에 울려 퍼졌다.

3

그날 밤──.

"납득이 안 돼!"

시종 린과 반성의 시간을 가지게 됐을 때, 앨리스는 대뜸 그런 말부터 꺼냈다.

"특히 마지막 주제는 애초에 주제가 잘못됐어. 언니의 그 섹시한 매력을 도대체 누가 이긴다는 거야?!"

"시종으로서 대답을 해드리자면, 앨리스 님도 나라를 대표하는 미소녀이십니다."

요컨대 상대가 너무 강했다.

각오는 했지만, 역시 장녀 일리티아의 벽은 지나치게 높았다.

"앨리스 님이 그런 성숙함을 손에 넣으려면 앞으로 3년은 더 걸릴 테지요."

"……흑. 그래, 도전한 시기가 너무 빨랐어. 역시 언니는 굉장해."

"그래도 건투하셨어요."

"……정말?"

"네. 예상 승률이 0.02%였던 것치고는."

"린, 너무해!"

탁자 위에 철퍼덕 엎드렸다. 그런데 교양이나 미학 분야에서 패배한 것은 변명의 여지가 없었다. 그것은 언니가 평소 쭉 노력해온 결과였으므로.

"……휴. 하다못해 마지막이 소녀들의 결투였으면 좋았을 텐데. 성령술을 써도 되는 전장의 규칙으로."

"그랬으면 앨리스 님이 압승했을 테지요. 기품과는 상관없이."

"그런 사족은 왜 붙여?!"

그냥 이대로 속상해하면서 잠들어 버릴까? 그렇게 생각하는 앨리스의 맞은편에 린이 앉아서 이야기했다.

"아, 그런데요. 앨리스 님에게 한 가지 좋은 소식이 있습니다."

"……뭔데?"

"그 이벤트가 관객들에게는 크게 호평을 받았대요."

"어차피 일리티아 언니의 활약이 호평을 받은 거겠지?"

"아뇨, 세 자매 전부입니다."

"뭐?"

"저렇게 사이가 좋았구나…… 하고, 우리나라의 민중이 무척 기뻐했습니다."

왕녀 세 자매.

그들은 언제나 바쁘게 살면서 따로 행동했다.

특히 장녀는 외국을 돌아다니느라 거의 성에 머무르지 못했다.

……그러고 보니.

……그토록 많은 대화를 나눈 것은 오랜만이구나.

그렇게 생각하면.

이 이벤트도 나쁘진 않았던 것 같다.

"맞아, 바로 그거야!"

벌떡.

앨리스는 엎드려 있던 탁자에서 몸을 떼고 기운차게 일어났다.

"국민을 기쁘게 해주는 것이 왕녀의 사명! 그걸 위해서라면 나는 기꺼이 힘든 일도 감수할 거야!"

"그런 앨리스님에게 또 하나의 기쁜 소식이 있습니다."

네, 기다렸습니다.

마치 그렇게 말하는 것처럼 린이 눈을 반짝반짝 빛냈다.

"이 이벤트가 대호평을 받은 덕분에 정례화가 되었습니다. 제2회는 다음 달에 개최됩니다."

"나한테 말도 안 하고 정했어?!"

"여왕님이 바라셨습니다."

"어마마마가?!"

"네. 그런데 지금 이 상태로는 앨리스 님에게는 승산이 없으므로, 적어도 괜찮은 싸움은 보여줄 수 있도록 열심히 공부하라는 명령을 내리셨습니다."

"공부?! 싫어어어어어엇!"

이제는 지긋지긋했다.

교본을 척척 쌓아 올리는 린 앞에서 앨리스는 비명을 질렀다.

천제 직속,
최상위 전투원

the War ends the world /
raises the world
Secret File

1

제도──.

이 기계로 된 이상향 「제국」의 중추. 또한 네뷸리스 황청과 패권 다툼을 하는 제국군의 기지가 있는 장소이기도 했다.

그 제도에 겨울이 찾아왔다.

"……벌써 연말이 다 되었네."

제국군, 제3기지.

미스미스 대장은 회의실 테이블 위에 엎드려 느긋하게 쉬고 있었다.

"밖에서는 차가운 북풍이 불고 있고, 백화점은 연말 세일 때문에 대성황을 이루고 있고. 그야말로 완벽한 겨울 풍경이지 않아? 이제는 새해를 맞이하기만 하면 돼."

"미스미스, 너 벌써 긴장감이 사라졌구나?"

회의실 창가에서.

제국 병사들의 겨울 훈련을 지켜보던 리샤가 쓴웃음을 지으며 그쪽을 돌아봤다.

"겨울 휴가까지는 이틀이나 남았잖아?"

"겨울 휴가까지는 이틀밖에 안 남았어!"

두 사람의 대사는 거의 비슷했지만 그 의미는 정반대였다.

참으로 제국군 간부다운 리샤와는 달리, 미스미스는 이미 겨울 휴가 계획으로 머릿속이 꽉 차 있었다.

"아아…… 겨울 보너스도 나왔고. 이제는 겨울 휴가를 만끽하기만 하면 돼."

"완전히 겨울 휴가 기분에 젖어 있구나."

리샤가 기막히다는 듯이 한숨을 쉬었다.

"나는 아직도 일이 남아 있어서 그런 기분은 못 느끼겠어. 저기, 미스미스. 너는? 연말에 뭐 할 거야?"

"내 스케줄은 완벽해!"

아주 좋은 질문이야.

활짝 웃으면서 그렇게 대꾸하더니, 미스미스는 힘차게 자리에서 일어났다.

"우선 TV를 볼 거야! 올해 1년 동안 녹화해뒀던 프로그램. 코타츠 속에 들어가서 그것을 보면서 새해 기념 불고기를──."

"안 돼!"

"응?"

"미스미스. 제국 군인이 그렇게 게으른 생활을 해도 된다고 생각해?!"

갑작스러운 리샤의 일갈.

미스미스는 어리둥절해졌는데, 그 눈앞까지 불쑥 다가온 리샤가 말을 이었다.

"겨울 휴가는 새해를 맞이하기 위한 휴가잖아. 그렇다면 겨울 휴가는 정말로 내년을 위해서 자기 자신을 갈고닦는 시간이어야 해!"

"……하, 하지만. 리샤야? 사령관님도 겨울 휴가 기간에는 심신을 쉬게 해주라고 했……."

"그건 거짓말이야."

"그게 거짓말이라고?!"

"이 겨울을 어떻게 보내느냐에 따라서 내년 한 해 전체가 결정된다고 해도 과언이 아닐 거야. 느긋하게 심신을 쉬게 해줄 상황이 아니라고!"

리샤가 미스미스의 양어깨를 꽉 붙잡으면서 말했다.

"인간은 언제나 남을 위해 일할 수 있어. 이를테면…… 연하장을 배달하는 사람. 그 사람들은 연말연시에도 쉬지 않고 일하잖아?!"

"……가, 갑자기 뜬금없는 이야기로 넘어갔는데?"

"이건 중요한 거야. 연하장. 미스미스, 너도 보낼 거지?"

"응…… 아주 조금만 보낼 거야."

연하장이란?

간단히 말해서 새해 인사 엽서이다. 연말에 그것을 우체통에 넣으면 새해 1월 1일 새벽까지는 상대에게 전달되는 것이다.

그런데 최근에는 연하장 유통량이 해마다 증가하는 바람에 새해 새벽까지 배달하기가 힘들어졌다고 한다.

"그 배달업자들은 휴일도 반납하고 열심히 일하고 있어. 그렇지?"

"……으, 응. 연하장을 배달하는 사람은 굉장하다고 생각해. 새해까지 전혀 쉬지 않고 자동차나 오토바이를 타고 제도 전체를 돌아다니고 있는 거잖아……?"

"그래서. 그분들에게 감사해?"

"물론이지!"

"존경해?"

"으, 음…… 글쎄, 존경한다기보다는, 굉장하다고 생각을……."

"좋아, 그럼 결정됐네."

리샤가 생긋 웃었다.

"미스미스. **그것을 배달하는 사람이 되어볼래?**"

"……응?"

"그분들에게 감사하잖아? 존경한다면서? 그 연하장 배달원들을."

"어? 저기, 리샤야. 너 왜 그래?! 눈빛이……!"

미스미스는 너무 늦게 깨달았다.

자기 어깨를 꽉 붙잡고 놔주지 않는 리샤가, 입으로는 따뜻하게 웃고 있지만, 눈으로는 전혀 웃고 있지 않다는 것을.

"리, 리샤야……?"

"후후. 이게 말이지, 실은 깊은 사연이 있거든."

━━━━━━━━━━

몇 시간 전으로 거슬러 올라가서──.

천수부.

천제의 거처로 알려진「창문 없는 빌딩」의 어느 방. 그곳에서는 현재 제국군을 대표하는 쟁쟁한 인물들이 집결해 있었다.

우선 사령부 간부들.

또 제국군 기구 Ⅰ～Ⅵ사의 각 장관.

심지어 천제 직속 사도성들까지 있었다.

그들이 한곳에 모여 있는 그 광경을 천제가 직접 원격 카메라로 지켜보고 있었다.

그것도 당연했다.

지금 진행되고 있는 것은 내년도 군사 계획 회의이므로.

"──자, 그러면."

50명 이상이 모여 있는 원탁에서.

사령부 실무 담당자가 두툼한 서류 뭉치를 손에 들고 일어났다.

"이상으로 금년도 마지막 회의를 마칩니다. 내년에 다시 뵙겠습니다."

회의 종료.

그 자리에서 50명이 넘는 간부들이 일제히 떠나갔다. 그 혼잡한 사람들 틈에 섞여서 리샤는 천천히 기지개를 켰다.

"아…… 피곤해. 일곱 시간이나 쉬지 않고 회의하다니. 진짜 숨막힌다니까."

하지만 그 회의도 올해는 이것으로 끝이었다.

홀을 떠나가는 간부들도 어쩐지 안심한 것처럼 보인다고나 할까. 올해의 마지막 큰일을 해치움으로써 무거운 짐을 내려놓은 것 같았다.

그러나——.

리샤의 업무는 아직 전혀 끝나지 않았다.

사도성 제5위인데다가 또 「사령부 특별 객원」이라는 지위도 겸하고 있으므로, 일이 정말로 많았던 것이다.

"……오늘도 야근이야. 내가 훑어봐야 하는 작전 자료가 잔뜩 있으니까."

올해도 일을 하면서 해를 넘기게 될 것이다.

그야말로 강행군이었다. 하다못해 자신의 다망한 스케줄을 관리해줄 비서라도 있으면 얼마나 편할까.

"아, 그래! 저기, 슈리 양."

"네? 리샤 씨, 왜 그러시죠?"

리샤가 부르자. 안경 쓴 여자 사무원이 그쪽을 돌아봤다.

사령부 예산 담당자 슈릴리아.

사령부에 올해 배속된 신참이지만, 이 예산 편성 시기에는 예외적으로 제국군의 그 누구보다도 바빠지는 사무원이었다.

"슈리 양. 한숨 돌린 것 같은 표정이네."

"네. 겨우 한숨 돌렸어요……."

아직 여대생과 거의 비슷한 나이인 여자 사무원은 휴 하고 한숨을 쉬었다.

"지난 한 달 동안 예산 편성 자료를 작성하느라 내내 기지에서 살았어요……. 목욕탕에도 못 가고, 마지막에는 화장할 시간도 없었어요. 양복은 온통 구겨졌고. 진짜로 여자의 삶을 포기한 생활을 했어요. 하지만 이것도 오늘이면 끝이에요."

"응, 그래. 이제 마음 편하게 새해를 맞이할 수 있겠네. 그렇지?"

"네!"

"있잖아, 그런 당신에게 부탁하고 싶은 것이 하나 있는데."

"……뭡니까?"

"나를 위해 예산을 조금만 수정해주면 안 돼?"

움찔.

리샤의 한마디에, 어색한 미소를 짓고 있던 예산 담당자가 그대로 얼어붙었다.

"아니, 내가 너무 바빠서 말이지~. 스케줄 관리를 해줄 비서가 있으면 도움이 될 것 같은데. 이왕이면 차를 준비해주거나 밥도 지어주면 더더욱 좋고."

"―――."

"슈리 양. 당신의 권한이라면, 제국군 예산의 수치를 살짝 바꿔서 비서 경비를 염출해내는 것 정도는 쉽잖아? 응? 어때…… 어, 슈리 양?"

"―――――헉? 아, 아이참!"

퍼뜩 정신을 차린 여자 담당자.

"죄, 죄송합니다. 수면 부족 상태라서 결국 깜빡 정신을 잃었네요. ……지금 와서 비서를 고용하기 위한 예산이 필요하다는 환청을 들은 듯한 느낌도 들지만, 에이, 그것도 꿈이었을 테지요. 총명한 리샤 씨가 설마 그렇게 터무니없는 요청을……."

"했는데."

"농담이시죠?!"

손에 들고 있던 서류가 후드득 바닥으로 미끄러져 떨어졌다.

"마마마말도 안 돼요! 진~짜로 말도 안 된다고요! 지, 지금 막 그 예산 승인이 끝났잖아요?!"

"그런데 지금 생각이 났어. 어때, 할 수 있지?"

"제 멘탈이 더 이상은 못 버텨요! 아무리 리샤 씨가 사령부의 특별 객원이어도 그건 불가능합니다! ……자, 그럼 저는 이만 가볼게요. 오늘도 아직 할 일이 산더미같이 남아 있거든요."

여자 담당자는 바닥에 떨어진 서류들을 주워 모으더니 재빨리 빙글 돌아섰다.

그리고 리샤에게서 멀어지려고 했는데.

"오~. 슈리야. 너랑 하고 싶은 이야기가 있어."

"어, 메이 씨?"

옆에서 한 여군이 불쑥 끼어들자, 슈릴리아는 놀라서 걸음을 멈췄다.

지금 나타난 사람도 리샤와 같은 사도성이었다.

제3위 「쏟아지는 폭풍우」 메이.

기구 Ⅴ사──대륙의 미개척지로 파견되는 부대 출신.

가혹한 환경 속에서 성장해온 육체는 거칠게 단련되었는데, 거기에 부스스한 긴 머리카락과 햇볕에 탄 피부까지 합쳐져서 마치 야생의 사자 같은 분위기가 느껴지는 사람이었다.

"……저기요, 메이 씨. 이런 말은 무례하게 들릴지도 모르겠는데요."

"응? 뭔데?"

"메이 씨가 여기 남아 계시다니, 왠지 신기하네요."

예산 담당자 슈릴리아가 의문을 느끼는 것도 이해가 갔다.

이 메이라는 사도성은 「회의를 싫어하는 사람」으로 유명했다. 가만히 앉아 있는 것을 몹시 싫어해서, 회의가 끝남과 동시에 방에서 뛰쳐나간다.

그런데 신기하게도 이번에는 이 홀에 남아 있었다.

도대체 왜?

"아, 그거야 당연히 슈리에게 할 말이 있어서 그런 거지."

"저에게요?"

"응. 저기, 슈리야. 부탁이 하나 있는데."

"!"

흠칫하더니 부르르 떠는 예산 담당자.

그것도 당연했다. 방금 리샤한테서 완전히 똑같은 대사를 들었기 때문이다.

"서, 설마, 그건……."

"우리 V사의 예산을 조금만 더 늘려줘. 다른 부서에는 비밀로 하고!"

"당신도 그러시는 거예요오오오오오옷?!"

"아~. 그게 말이지, 내년에 커다란 전차를 사고 싶거든. 내 전용 전차."

"메이 씨의 전용 전차라고요?!"

"에이, 뭐 어때. 조금은 괜찮잖아?"

"「조금」으로 될 만한 금액이 아니잖아요?! 게다가 리샤 씨도 그렇고, 당신도 왜 회의 시간에는 말씀을 안 하신 겁니까?!"

"자느라."

"잤다고요오?!"

비틀. 여자 사무원이 휘청거렸다.

"……제, 제가…… 한 달을 통째로 바쳐서 준비한 집대성이…… 주옥같은 회의가……?"

"아~ 저기~ 슈리야. 자료 18쪽 말인데. 1인당 예산액, VI사는 우리 V사보다 거의 두 배나 되는 예산을 받았잖아?"

"아, 자료 자체는 보셨군요?"

"두 배나 된다고. 두 배. 알았어? VI사처럼 음험하고 눈에 띄지도 않는 부대에 이렇게 통 큰 예산을 내줄 정도면, 우리 V사에도 조금은――."

메이가 그 말을 끝내기도 전에.

『웃기지도 않은 농담이군.』

메이의 등 뒤에 한 남자가 나타났다.

머리끝에서 발끝까지 온몸을 진회색 코트 슈트로 감싸고 있는 기이한 차림새의 간부였다.

『메이, Ⅵ사가 뭐 어쨌다고?』

"꺄악?!"

그가 소리도 없이 뒤에서 나타나자, 슈릴리아는 겁먹은 것처럼 뒤를 돌아봤다.

"……네, 네임리스 씨!"

『───.』

사도성 제8위 네임리스.

이 사람도 메이나 리샤와 마찬가지로 천제를 호위하는 남자였다.

그리고 Ⅵ사 출신──제국군 기밀 임무에만 종사하면서, 제국 국민은커녕 동료인 제국 병사들에게도 비밀로 하고 직무를 완수하는 자객 부대.

네임리스는 바로 그 부대에 쭉 몸담아온 엘리트 병사였다.

그런 남자가──.

『메이. **어느 부대가 「음험하고」「눈에 띄지도 않는다」**는 거냐?』

"하하! 그렇게 짜증 난 목소리로 말하지 마, 네임리스야. 아, 혹시 정곡을 찔려서 화났니?"

자기보다 훨씬 더 키가 큰 남자가 자기를 내려다보는데도.

메이는 그것조차 즐기는 것처럼 코웃음을 쳤다.

"늘 기지 한구석에서 슬금슬금, 또 전장 한구석에서 슬금슬금 뭔가 하는 너희 Ⅵ사와는 달리, 우리 Ⅴ사가 얼마나 가혹한 환경에서 싸우고 있는지 알아?"

『흐음?』

"우리의 적은 마녀가 다가 아니야. 미개척 정글에서 바닥이 없는 늪에 빠져본 적 있어? 사막에서 헤매다가 바실리스크(뱀의 왕) 무리에게 포위되어본 적 있어? 입단 테스트 상위 7%만 들어올 수 있는 Ⅴ사야말로 최강의 엘리트 부대인 거야. 알았어?"

『Ⅴ사는 운동 능력 테스트만 거치면 들어갈 수 있지. 안 그래?』

네임리스의 날카로운 한마디.

『병사에게 필요한 것은 신체 능력, 학습 능력, 적응력으로 분류되는 종합적인 임무 수행 능력이다. 운동량? 육체 특화? 그런 거라면 대충 고릴라를 데려와서 시켜도 되잖아?』

"야, 너……!"

『Ⅵ사는 어떤 부대의 간섭도 받지 않는 독립 부대. 온갖 기밀을 지키고, 누설하지 않는다. 단 하나의 임무라도 결코 실수하면 안 돼. 그에 비하면…… 하하!』

네임리스가 웃음을 터뜨렸다.

불난 데 기름을 붓는 정도가 아니라, 유전(油田)에 다이너마이트를 던져 넣을 기세였다.

『저 멀리 변경에서 어슬렁거리기만 하는 너희들 Ⅴ사가 어딜 봐서 목숨 걸고 일한다는 거냐?』

"……너 제법 말 잘한다? 네임리스야."

전투적인 눈빛으로 쳐다보는 메이.

"그러면——."

"자, 잠깐만요!"

예산 담당자 슈릴리아가 허둥지둥 그들 사이에 끼어들었다.

안경 코걸이를 밀어 올리면서 말을 이었다.

"……어휴, 정말. 여기서 싸우시면 곤란해요. 사령부로서는 V 사와 Ⅵ사의 사이가 나빠지기를 바라지도 않아요. 여기서는 싸움을 그만둬주세요."

"그럼 예산을 내줄래?"

"조건에 따라서는 그럴 수도 있죠."

번쩍.

여자 사무원은 나약해 보이던 그 표정을 싹 바꾸더니 눈을 빛냈다.

"Ⅴ사와 Ⅵ사, 그리고 리샤 씨가 예산 증액을 요구하셨습니다. 솔직히 말씀드리자면 그 돈을 예산으로 드릴 수는 없지만, 아르바이트 급여로 염출하는 것은 가능합니다."

"아르바이트으~?"

"연말 연하장을 배달하는 일입니다. 마침 다른 부서에 그 일을 의뢰할 예정이었는데요. 여러분에게 의뢰하겠습니다."

두툼한 서류들 속에서 복사지 세 장을 뽑아내더니.

리샤, 메이, 네임리스에게 하나씩 나눠줬다.

"자료의 그래프에 표시된 것이 연하장 유통량입니다. 지난 4년 동안 무려 7배로 늘었어요. 이것은 당선된 카드의 경품을 신형 차나, 별장이 딸린 저택 같은 호화로운 것으로 했기 때문인데요. 그 숫자가 너무 많이 늘어서, 제도에서도 이미 배달 수가 3억 개를 돌파해버렸습니다."

"……저기, 슈리야."

자료를 내려다보던 메이가 한숨을 쉬면서 고개를 들었다.

"설마 우리한테 이 연하장을 배달하라고 하는 거야?"

"네, 그렇습니다."

"이건 그냥 아르바이트잖아! 그런 짓을——."

"엽서를 제일 많이 배달한 우승팀에 특별 보너스를 드린다……고 하면 어떨까요?"

"!"

메이의 눈꺼풀이 꿈틀거렸다.

"……그렇군. 그게 예산 증액이라는 건가."

"표현에는 유의해주세요. 사령부로서는 추가 예산을 내어드릴 수는 없지만, 아르바이트 급여라면 올해는 아직 여유가 좀 있거든요."

"좋아, 해볼게! 슈리 양!"

리샤는 여자 사무원의 어깨를 두드리면서 힘차게 고개를 끄덕였다.

"여기서 이기면 나는 비서를 얻을 수 있는 거지? 후후, 쉬운 일이야. Ⅴ사는 제도에는 거의 없고, Ⅵ사는 어차피 소수 정예잖아? 이런 일은 내 인맥을 구사해서 인해전술로 압도할 수 있어."

"뭐야, 리샤야. 왜 벌써 다 이긴 것처럼 거들먹거려?"

메이가 히죽 웃으며 송곳니를 드러내더니.

"지금이 연말이라는 것을 깜박한 거냐? 내 부하들도 상당수는 제도에 돌아와 있어. 그 녀석들을 총동원하면 우리가 쉽게 이길 거다."

"흐응~? 과연 그럴까요, 메이 씨?"

눈싸움을 벌이는 리샤와 메이.

그 와중에 홀로 대놓고 한숨을 쉬는 사람이 있었다. Ⅵ사를 대표하는 남자였다.

『……시시하군.』

그는 방금 받은 복사지를 테이블 위에 놔두고 휙 돌아섰다.

『사령부에 아첨할 마음은 없어. 메이, 리샤, 너희들끼리 마음대로——.』

"오~ 네임리스야, 너 뭐야?"

"질까 봐 무서워서 그래요? 그런 건가요?"

킥킥.

여자 사도성 두 명이 일부러 다 들릴 만한 성량으로 수군거렸다.

"리샤야~ 너도 그렇게 생각하지? 남자답지 못하다고."

"아, 물론이죠. 사도성이라는 사람이 비겁하게 싸움을 포기하고 도망치다니. 안 그래요? 메이 씨."

『_____.』

침묵하는 사도성 제8위.

잠시 후『……휴』하고 두 번째 한숨이 흘러나왔다.

『좋다. 그 노골적인 도발에 넘어가주마.』

그리하여.

사령부 · Ⅴ사 · Ⅵ사의 전쟁의 막이 오르게 되었다.

━━━━━━━━

"──일이 그렇게 된 거야. 몇 시간 전에."

리샤가 고개를 끄덕거리면서 말을 이었다.

"나로서는 비서 획득 예산을 손에 넣을 기회인 거지. 우선 작전부터 말하자면, 미스미스. 너는 제도의 1번가에서 출발하도록 해."

"난 아직 도와주겠다고 말한 적 없……으읍?!"

"미스미스, 잘 들어!"

턱.

말을 꺼내려던 미스미스의 입을 리샤가 손으로 막아버렸다.

"이것은 단순한 예산 쟁탈전처럼 보일지도 몰라. 하지만 그게 아니야. 이것은 제국군이라는 초거대 조직의 파벌 싸움이야. 승자는 Ⅴ사인가 Ⅵ사인가, 아니면 사령부인가. 잔혹하리만치 적나라하게 결과가 드러나는 거야. 이것은 각 조직의 자존심이 걸린 전쟁이야!"

"너무 과장하는 거 아냐?!"

"과장이 아니야. 어떤 파벌이 가장 유능한지를 결정짓는 거니까. 승리한 파벌은 당당하게 고개를 들고 다닐 수 있는 거야. 여기서 이기지 못하고 새해를 맞이할 수는 없어!"

"보통은 맞이할 수 있거든?!"

엄청나게 의욕이 넘치는 리샤와 의욕이 죽어가는 미스미스 대장.

그 장면을 쭉 지켜보다가.

"⋯⋯미스미스 대장님의 의견에 동감합니다."

"⋯⋯네네도 그래."

"⋯⋯나 참, 진짜 시시하군."

이스카, 네네, 진, 그렇게 세 사람은 일제히 얼굴을 마주 보면서 중얼거렸다.

새해가 되기 직전.

어느 부대나 내년을 준비하느라 바쁘게 일하는 시기였다. 그런데 이 시기에 갑자기 리샤가 회의실에 쳐들어와서 도대체 무슨 일인가 했더니.

"설마 미스미스 대장님뿐만 아니라, 저희까지⋯⋯?"

"맞아, 이스캇치! 너희들은 운명 공동체인 제907부대잖아?!"

리샤가 양팔을 활짝 벌렸다.

"궁지에 몰린 대장은 응당 부하가 도와줘야지! 그것이 바로 우리 제국군, 아름다운 상부상조인 거야!"

"나를 궁지에 몰아넣는 사람은 리샤, 너잖아?!"

"휴. 이것으로 대충 200명 정도 모았나?"

이미 리샤의 머릿속에서는 자기들이 도와주는 것은 기정사실인 듯했다.

사실 이스카와 동료들에게는, 200명이나 되는 제국 병사들이 겨울 휴가 기간의 강제 노동에 동원된다는 것이 더 놀라웠지만.

"……리샤 씨, 아무리 비서를 손에 넣고 싶어도, 부하를 공짜로 부려먹는 것은……."

"응? 아냐, 이스캇치. 이것은 인망의 힘이야."

죄책감이라고는 전혀 없는 리샤.

"네임리스나 메이 씨는 착각을 하나 본데, 이것은 단순히 편지를 배달하는 작업이야. 이런 것은 압도적인 인해전술로 제압하면 돼. 더 많은 인원을 모은 사람이──."

『그게 네 생각만큼 잘될까?』

"꺄악?!"

미스미스가 의자에서 굴러떨어졌다.

아무것도 없었던 등 뒤에서, 돌연 온몸을 슈트로 감싼 암살자가 나타났기 때문이다.

『……흥. 누구인가 했더니, 네놈들이었구나.』

광학 위장 해제.

소리 없이 나타난 사도성 제8위 네임리스가 그곳에 있는 이스카 일행을 둘러봤다.

——면식은 있었다.

이스카 일행의 소속은 기구 Ⅲ사.

한편 네임리스는 Ⅵ사 부대원이었다가 사도성으로 승진한 인물이었다. 소속은 달라도, 과거에 볼텍스를 둘러싼 분쟁에서 같은 작전에 참여한 적이 있었다.

『리샤의 애완견이 되는 길을 선택한 것이냐. 뭐, 어차피 몇 명을 모아도 소용없지만.』

"안녕~ 리샤. 적정 시찰을 하러 왔다."

회의실 문이 열리더니, 야성미 넘치는 여군이 성큼성큼 안으로 들어왔다.

그 여자를 보자마자 리샤가 쓴웃음을 지었다.

"어머, 메이 씨까지 오셨네."

"리샤야. 너 상당히 스카우트에 열을 올리는 것 같더라? 듣자하니 100명 넘게 모았다고 하던데………… 응?"

메이가 이쪽을 돌아봤다.

미스미스, 진, 네네를 거쳐서——마지막으로 이스카에게 시선이 꽂혔다.

메이는 사도성 제3위. 이스카도 과거에는 사도성으로 일했던 이력이 있었다. 대화해본 기억은 없지만, 서로 면식은 있는 사이였다.

"어? 누구더라. 아, 맞다. 아스카?"

"……이스카입니다."

"석방됐었구나? 어라, 아니면 리샤가 석방시킨 건가? 허~ 이봐. 아무리 이 편지 배달을 위해서라지만, 이지간히 엄청난 수단을 쓰는구나?"

"그의 석방은 내가 추진한 것이 아니에요. 게다가 석방된 지 꽤 오래됐고."

"흐응? 에이, 뭐. 아무튼."

정말로 시찰만 하러 왔나 보다.

메이는 만족한 것처럼 고개를 끄덕이더니 빙글 몸을 돌리면서 말했다.

"미안하지만 리샤가 아무리 머릿수를 늘려봤자 결국 이기는 것은 우리 V사일 거야."

『100명? 200명? 흥, 그래 봤자 오합지졸이지. 팀워크라고는 전혀 없는 집단.』

이어서 그곳을 떠나는 네임리스.

그런 사도성 두 사람의 뒷모습을 노려보면서.

"아니야!"

리샤는 주먹을 불끈 쥐더니 소리 높여 반박했다.

"승리자는 내가 될 거야! 여기 이 미스미스가 나한테 승리를 약속해줬으니까!"

"아니, 나까지 끌어들이지 말라니까―――?!"

2

올해 마지막 날, 밤 11시 반.

이스카를 비롯한 제907부대는 기지 회의실에 모여 있었다.

"……어휴."

테이블 위에 엎드린 미스미스 대장이 힘없는 한숨을 흘렸다.

"……이제 30분만 더 있으면 새해가 밝을 거야. 평소 같으면 연말 특집 TV 프로그램을 틀어놓고 맛있는 불고기를 먹으면서 새해를 맞이할 텐데……."

"TV를 보는 것도, 불고기를 먹는 것도 평소에도 다 하는 거잖아."

"진 군, 너는 뭘 모르는구나?!"

조그맣게 중얼거린 진의 혼잣말. 그걸 들은 미스미스 대장이 벌떡 일어났다.

"TV를 보는 것도 불고기를 먹는 것도, 연말에 하면 특별히 행복한 기분이 느껴지거든?!"

"평소에는 불고기를 먹어도 별로 행복하지 않다고?"

"행복해!"

"그럼 똑같은 거잖아."

"아냐, 달라!"

옆에서 그런 대화가 이루어지는 가운데―.

이스카는 인터폰 소리가 난 문을 가리켰다.

"대장님. 도착했나 봐요."

문을 열었다.

그러자 이스카의 눈에 들어온 것은, 복도에 쌓여 있는 컨테이너였다. 박스 하나하나가 복도를 막아버릴 정도로 컸다. 그것이 세 상자나 되었다.

"우와, 이거 내용물이 전부 다 연하장이야?!"

컨테이너를 쳐다보는 네네도 경악한 표정을 지었다.

제도에서 배달되는 것만 해도 3억 개나 된다고 하는 새해 축하 엽서. 이스카도 반신반의하는 심정으로 그 이야기를 들었는데, 눈앞에 있는 컨테이너를 보니까 드디어 현실미가 느껴지기 시작했다.

"이스카 오빠, 이것을 새벽 5시까지 모두 다 배달해야 한다는 거지?"

"응, 배달하는 보람이 있겠다."

제국군이 동원되는 것도 이해가 갔다.

정신 바짝 차리고 하지 않으면 이걸 새벽까지 다 배달하지 못할 것이다──이스카와 동료들은 그렇게 각오했는데, 그때 리샤가 경쾌한 발걸음으로 다가왔다.

"안녕~? 미스미스. 이스캇치도 진진도 네네땅도 안녕? 다들 대기하고 있었구나. 훌륭해."

놀랍게도 그 뒤에는.

새로운 컨테이너를 들고 오는 사무원이 있었다.

"자, 이거. 박스 7개 더 추가할게."

"이건 너무하잖아——?!"

미스미스가 그렇게 비명을 지르는 동안에도 컨테이너가 복도 천장에 닿을 정도로 차곡차곡 쌓여가고 있었다. 총 열 개. 이 거대한 박스 안에 도대체 몇만 장이나 되는 엽서가 들어가 있는 걸까.

"……엄청난 양이네."

"……배달하는 보람이 있겠다."

"불가능해. 새벽까지 전부 다 배달하는 것은 불가능하다고."

식은땀을 흘리는 네네와 이스카.

그 뒤에 있는 진은 아예 달관해버린 듯한 눈빛이었다.

"이봐, 사도성 씨. 이것을 우리 네 명이서 전부 다 배달한다는 것은 터무니없는 이야기야."

"괜찮아. 전부 다 배달하지 못해도."

"뭐라고?"

"진진, 이것이 경쟁이라는 것을 잊었니? 연하장을 가능한 한 많이 배달함으로써 나머지 두 팀을 이기는 것이 목적이라고. 알았어?"

리샤가 품속에서 작은 액정 모니터를 꺼냈다.

그 모니터에 표시된 것은『메이 팀 : 0개』『리샤 팀 : 0개』『네임리스 팀 : 0개』라는 문자열이었다.

"이런 식으로 배달된 엽서의 총수는 실시간으로 측정될 거야.

지금이…… 23시 58분. 앞으로 2분 후에는 전원이 출발할 거야."

0시 0분 출발.

새해가 시작됨과 동시에 기지를 떠난다.

그다음부터는 단순한 숫자 경쟁이다. 리샤, 메이, 네임리스 진영이 새벽 5시까지 연하장을 몇 개나 배달할 수 있을 것인가.

"자, 제907부대 여러분. 여기 배낭을 준비했으니까 엽서를 최대한 많이 집어넣어!"

리샤의 지시대로 엽서를 집어넣기 시작했다.

그 배낭을 짊어짐으로써 드디어 편지 배달 준비는 끝났다.

"이제 30초 남았어…… 20초…… 19…… 18……."

리샤의 카운트다운.

아마도 기지 곳곳에서 메이나 네임리스의 부하들도 대기하고 있을 것이다.

"5, 4, 3, 2, 1………… 시작! 자, 다녀와, 미스미스!"

"어~ 알았어. 가자, 애들아!"

자포자기한 것처럼 미스미스 대장이 달리기 시작했다.

기지의 게이트가 열리고, 그곳을 통해 씩씩하게 밖으로 뛰쳐나갔는데──.

휘이이이이잉! 소리가 나는 지독한 눈보라가 그 눈앞을 가로막았다.

칠흑같이 어두운 바깥은 온통 눈으로 덮여 있었다.

"…………이게 뭐야."

급정지한 미스미스가 멍하니 혼잣말을 중얼거렸는데.

그 어깨와 머리 위에 순식간에 눈이 쌓여갔다.

"블리자드군요."

"앗, 그러고 보니 네네도 일기예보를 본 것 같아. 눈이 내릴 것 같다고 하던데."

"그래서 내가 말했잖아. 이것은 터무니없는 짓이라고."

예상치 못했던 새해 폭설이었다.

그것도 제도에서는 보기 드물게 세찬 눈보라였다. 이미 미스미스의 무릎까지 파묻힐 정도로 쌓여버린 눈이 기지 전체를 완전히 뒤덮고 있었다.

"……후후."

미스미스 대장이 살짝 쓴웃음을 지었다. 그리고.

"그만둘까."

"벌써?! 잠깐만요, 대장님. 아무리 그래도 너무 빨리 포기하는 거 아닌가요?!"

"말도 안 되는 짓이야. 이스카 군. 이건 안 된다고!"

미스미스 대장이 힘차게 고개를 옆으로 흔들어대면서 맹렬하게 항의했다.

"난 이런 폭설은 처음 봤는걸. 조난 수준이야! 아니, 이거 봐. 벌써 내 허리까지 눈이 쌓였잖아!"

"······어이쿠. 이건 확실히 예상외의 사태인데."

상황이 이렇게 되니 리샤도 어두운 표정을 지었다.

그녀가 귀에 대고 있는 통신기는 부하와 연락하기 위한 것이리라.

"이 폭설 때문에 배달용 차가 하나도 못 움직이는 것 같아. 전차나 택시도 멈춰버렸고. 200명 규모의 배달원이 기지에서 밖으로 나가지 못하게 되다니······."

현재 시각은 0시 7분.

리샤 팀, 배달 수는 아직 0건.

메이가 이끄는 V사 팀, 네임리스가 이끄는 Ⅵ사 팀도 마찬가지일 것이다. 이곳에 있는 모든 사람이 그렇게 생각했는데.

"앗?! 이럴 수가?"

리샤가 바라보는 소형 모니터에서 변화가 일어났다.

V사, Ⅵ사의 배달 개수 계측량이 급상승하기 시작한 것이다.

눈 깜짝할 사이에 100건에 도달하더니 수백 건으로 상승했다.

"······이게 무슨 일이지? 잠깐만, 계측 팀?! 영상을 보여줄 수 있어? V사와 Ⅵ사의 배달 영상, 당장 나에게 보내줘."

리샤의 모니터 영상이 바뀌었다.

거기에는──.

제도의 각지에 설치되어 있는 감시카메라가 발견한 충격적인 영상이 나타나 있었다.

제도 제2지구, 4번가.

그곳의 교차로는 폭설로 인해 꼼짝도 못 하게 된 자동차들로 꽉 막혀 있었다.

새해를 고향에서 맞이하려고 차를 타고 가는 가족들이나, 새해 일출을 보려고 제도에서 여행을 떠나려고 하는 커플 등등.

"아아, 제기랄. 눈 때문에 교통 체증이 너무 심하잖아?!"

"선두의 차가 눈길에 미끄러져서 고장이 났나 봐. 견인차가 구조하러 간대."

"아니, 그 견인차도 폭설 때문에 움직이지 못한다고 들었는데……."

교차로 곳곳이 온통 아비규환이었다.

폭설 탓에 자동차가 지나가지를 못하는 것이었다. 차 안에 갇혀 있는 거나 마찬가지라서 마음대로 화장실도 못 가고, 식사도 제대로 못 했다.

"……아아, 특별한 새해인데. 완전히 망했어. 쳇."

모든 사람이 그렇게 중얼거리면서.

기진맥진한 상태로 차 안에 틀어박혀 있는, 그런 교차로에서.

꼼짝도 못 하는 자동차 행렬 사이로 무언가가 지나갔다.

휙! 휙! 하고 연달아 자동차 행렬 사이를 지나쳐가는 검은 그림자.

한두 개가 아니었다.

"어? 뭐야, 내가 헛것을 봤나……?"

가족을 데리고 차 안에 있던 아버지가 운전석에서 눈을 비볐다.

이 폭설 속에서 고속으로 달릴 수 있는 탈것은 존재하지 않는다. 그렇게 스스로 납득하려고 했는데──.

쿵! 하는 충격이 발생했다.

"으아아악?!"

비명을 지르는 가족.

그럴 수밖에 없었다. 교차로에서 꼼짝 못 하는 자동차의 보닛 위에, 전혀 예상도 못 했던 인간들이 갑자기 뛰어 올라왔기 때문이다.

제국군 방한 코트와 설산용 고글을 장착한 남자들이었다.

"꼼짝 마."

"……꼬, 꼼짝 말라니?! 자, 잠깐만, 나는 평범한 회사원──."

"차량 번호 『제(帝)0918』, 흰색 제국 소형차 제8세대를 발견. 메이 님, 목표물을 포착했습니다!"

"잘했어, 대장아~."

쿵! 하고 이어서 차 위에 뛰어 올라오는 여자 병사.

설마 그 사람이 사도성 메이일 거라고는 상상도 못 할 것이다.

모두 눈보라 대책으로 고글을 쓰고 있었으므로 겉모습은 수상하기 짝이 없었다. 차 안에 있는 가족들에게는, 그들은 마치 차량 강도질을 하는 폭도처럼 보였다.

"여, 여보, 경찰 불러! 아니, 제국군을 불러!"

"제국군은 여기 있는데?"

"응?"

"4번가 9호 14, 휘트 맥라렌. 조수석에 있는 사람은 아내인 안나 맥라렌. 맞지? 맞을 거야."

"……다, 당신들, 뭔데?! 제국군이라고?!"

"너희들에게 좋은 선물을 주마."

히죽. 송곳니를 드러내면서 웃는 메이.

그 품속에서 꺼낸 것은──.

"자, 받아. 올해 연하장이다."

"……응?"

"너와 네 아내 것까지 합쳐서 43통이다. 아 참, 너희들은 지금 아내의 친정에 가는 중이지?"

"그, 그걸, 어떻게 알았어?!"

"그 아내의 부모님이 받아야 할 편지도 지금 줄게. 54통이다. 자, 이것으로 단번에 100건 가까이 해치웠네. 얘들아. 다음 장소로 가자."

"저, 저기요?!"

듣지도 않았다.

메이가 이끄는 Ⅴ사 팀은 재빨리 몸을 돌리더니 눈 쌓인 교차로를 활주하기 시작했다.

스키와 스노보드를 타고.

"대장아, 다음 목표물은 어디 있어?"

"교차로를 돌면 바로 나와요. 멈춰 있는 빨간색 대형차입니다!"

"하하! 이거 너무 쉬운데?"

극심한 교통 체증이 발생한 교차로에서 스노보드를 타고 미끄러져 가는 메이.

그렇다.

무릎 높이까지 쌓여버린 이 폭설 속에서는 자동차나 오토바이, 또 자전거도 움직이지 못한다.

그러나 스키와 스노보드라면 폭설은 대환영. 혼잡한 차와 차 사이를 미끄러지듯 빠져나가는 건 어려운 일도 아니었다.

"흐흥. 리샤와 네임리스도 깜짝 놀랐을 거야. V사는 변경 부대. 폭설이 내리는 호설 지대에서의 훈련도 쭉 해왔거든."

개척되지 않은 광대한 설원을, 개 썰매와 스키를 타고 답파하는 것이 V사였다.

이런 눈보라에 대해서도 자신 있었다.

"게다가 눈으로 교차로는 꽉 막혀버렸어. 그렇다면 편지를 전해줘야 할 목표물은 차 안에 있다는 뜻이잖아. 그것이 수백 대. 너무나 효율적이야."

"메이 님!"

누군가가 뒤쪽에서 스키를 타고 쫓아왔다. V사의 대장이었다.

"이 교차로는 대체로 제압(배달)이 끝났습니다!"

"잘했어, 대장아. 하지만 잔존 세력 섬멸 완료(배달 완료)가 될 때까지는 방심하지 마. 나는 다음 목적지로 간다."

부하 몇을 데리고 다음 목적지로 향한다.

목표물은 대형 아파트.

이것도 편지 배달 개수를 대량으로 늘릴 수 있는 중요한 지점이었다.

눈보라는 앞으로도 한동안 그치지 않을 것이다. 아직 리샤 팀과 네임리스 팀은 둘 다 기지 바깥으로는 한 발짝도 나오지 못했을 것이다.

"흐흥. 이렇게 쉽게 이겨도 되는 건가?"

동정하는 미소를 지으면서 배달 미터기를 체크해봤다.

사령부 리샤 팀은 변함없이 「0」.

그러나.

"……뭐야? 네임리스의 Ⅵ사의 배달 개수가 『4,697』이라고?!"

제 눈을 의심했다.

현재 메이 팀이 「5,191」이므로 거의 접전이었다.

게다가 메이가 보고 있는 동안에도 계측량은 계속 상승하고 있었다.

이 눈보라 속에서?

자동차도 오토바이도 지나다닐 수 없고 전철도 멈춰버렸다. 당연히 헬기도 띄울 수 없었다. 그런데 어떻게 이런 성적을 내는 걸까.

"……네임리스야. 너 제법이다? 대체 어떤 마술을 부리고 있는 거야?"

사납게 웃으면서 메이는 배달 개수 미터기를 내려다봤다.

═══════════════════

같은 시각──.

제도의 어느 식당가.

아무리 눈이 내려도 레스토랑이나 카페 같은 곳은 거기서 새해를 맞이하려고 하는 커플들 때문에 북적거리고 있었다.

"아~ 올해의 마지막 저녁 식사는 정말 최고였어."

"있잖아, 나는 좀 더 술을 마시고 싶은데."

"내 단골 바에 가자. 내가 자주 다니는 가게가 있거든."

"그런데 눈이 많이 쌓였잖아?"

"걸어서 가면 되지. 가까워."

자, 이리 와──.

신사적인 미소를 지으면서 젊은 청년이 파트너인 여성에게 손을 내밀었다.

"우리의 사랑이 있으면 어떤 장애물도 극복할 수 있어. 설령 눈이 쌓이더라도 우리의 앞길을 가로막을 수는 없어."

"……멋져!"

손을 맞잡고 걸음을 떼는 커플.

그런데 그때.

두 사람의 눈앞에서, 발밑에 쌓인 눈이 꿈틀 하고 움직였다.

"어?"

이어서 폭발했다.

노면에 있는 맨홀 뚜껑이 튀어 오르면서, 쌓여 있던 눈과 함께 남자 친구를 날려버렸다.

"으악!"

"카이로스, 정신 차려, 카이로스?! 무, 무슨 일이야, 대체 왜 맨홀이⋯⋯?!"

맨홀 뚜껑이 머리에 부딪치는 바람에 남자 친구는 기절했고.

여자는 그런 남자를 돌봐주기 위해 다가가려고 했는데, 그 순간.

『찾았다.』

"꺄아아아아아아아악?!"

식당가에 울려 퍼지는 비명.

쓰러진 남자 친구 쪽으로 뛰어가려고 하는 그녀의 발목을, 누군가가 붙잡은 것이다.

맨홀 구멍 속에서.

"꺄, 아아아, 다, 당신들, 뭐야?!"

『그 질문에 대한 대답은 금지되어 있다.』

맨홀에서 기어 올라오는 무장 병사.

그 남자들은 하수도가 있는 제도의 지하 통로에서 나타났다. 전원 고글과 마스크를 착용하고 있었다. 게다가 목소리도 전자 변조 음성이었다.

단순히 수상한 인물이 아니라, 누가 봐도 「위험한」 남자들이었다.

『2번가 7번구 23, 마리안 시밀러. 맞지?』

"아, 아냐! 난 그런 여자가 아니야!"

『신분을 감춰봤자 소용없다.』

저벅, 저벅. 눈을 밟으면서 다가오는 남자들.

『너에게 볼일이 있다.』

"시, 싫어. 가까이 오지 마. 누, 누가 좀 살려주세요————!"

『연하장을 송달한다.』

"오, 오지 마!"

『못 들었나? 연하장을 송달한다. 총 17개.』

".........뭐?"

『속히 수령해라.』

무장 병사가 품속에서 꺼낸 것은 고무줄로 묶은 엽서 다발이었다.

그것이 두 묶음이었다.

『옆에 있는 남자는 2번가 7번구 31에 사는 카이로스 그레이엄. 맞지?』

".........."

『대답.』

"……마, 맞아요."

『그럼 이것은 이 남자의 몫이다. 21개. 총 38개를 송달했다.』

"――――."

어안이 벙벙해진 젊은 여성.

한편 수수께끼의 무장 집단은 미련 없이 그녀를 등지고 빙글 돌아서서.

『가자. 계속 지하 루트로 잠행한다.』

맨홀 속으로 사라져 갔다.

"…………뭐지?"

그 여자도, 또 쓰러진 남자 친구도 알 리가 없었다.

실은――.

제도의 지하에는 하수도로 위장한 유사시의 긴급 루트가 그물망처럼 펼쳐져 있었다.

눈이 내리는 곳은 지상.

――그럼 지하로 다니면 된다.

네임리스가 이끄는 Ⅵ사가 선택한 배달 루트가 바로 이 비밀통로였다.

『전(前) 대장님은?』

『제2 지점에 도착했다. 우리는 이대로 식당가의 바를 습격……이 아니라, 평화롭게 엽서를 송달할 것이다.』

그날 밤.

연말연시라서 즐겁고 떠들썩해야 할 제도는, 맨홀에서 자꾸만 튀어나오는 수수께끼의 무장 집단이라는 무서운 남자들 때문에 비명으로 가득 채워지고 말았다.

그리고 현재.

지상을 스키 & 스노보드 작전으로 돌파하는 메이 팀, 현재 9,091개.

지하의 긴급 루트로 이동하는 네임리스 팀, 현재 8,989개.

두 세력은 완전히 비등비등했다.

그 반면에——.

사령부 대표인 리샤 팀은 아직도 0개.

"우와, 큰일 났다아아아앗!"

기지 입구에서.

리샤가 머리를 싸쥐고 절규하고 있었다.

참고로 이렇게 당황한 모습은, 이스카가 알기로는 사상 최대급이었다.

"이 폭설이 이런 사태를 초래할 줄이야……. 아니, 현시점에서 크게 뒤처지긴 했지만 아직은 역전할 수 있는 수치야. 자, 다녀와, 미스미스!"

"……하지만 리샤야."

배낭을 짊어진 미스미스가 말했다. 엄청나게 쌓인 눈을 가리키면서.

"이런 눈보라 속에서는 자동차도 전철도 다 움직이지 못하잖아."

"뛰면 돼!"

"뛰라고?!"

리샤가 눈으로 덮여버린 부지를 가리키며 말하자, 미스미스가 놀라서 새된 소리를 냈다.

"리샤야, 아무리 그래도 그건———."

"미스미스, 잘 들어. 이 연하장은 말이지, 제도 시민들에게 새 해를 알려주는 편지야. 우리가 전달하는 것은 새로운 시대의 도 래, 즉 희망 그 자체야. 그러니까 반드시 전달해줘야 해."

"……응, 그래서 속마음은?"

"예산이 필요하고. 저 두 팀에게는 지고 싶지 않아."

"역시 그게 목적이었구나?!"

"중요한 것은 명분이야!"

"그런데 속마음이 너무 강력한 거 아냐?!"

"아니야, 미스미스. 잘 봐. 다른 부대는 출발했다고!"

기지 바깥에서.

미스미스가 망설이는 동안, 리샤가 이끄는 사령부 팀은 눈을 맞으면서 달리고 있었다.

마치 물속에서 접영으로 전진하듯이 눈발을 헤치면서 나아가 고 있었다.

"……우와, 굉장하다."

"아까 두 부대 정도는 연락이 두절된 것 같지만."

"그건 조난한 거잖아?!"

눈앞에서 쓰러져가는 병사들.

아무리 강건한 제국 병사라도 이 추운 눈보라 속에서는 쩔쩔맬 수밖에 없었다.

"가는 거야. 미스미스. 희생된 사람들의 영혼을 짊어지고!"

"그런 것은 짊어지고 싶지 않거든?!"

"대답은 필요 없어! 자, 제907부대도 다들 출동해! 이스캇치와 진진은 제1 목표 지점으로 가고. 네네땅은 여기서 통신 담당. 미스미스는 나와 함께 개별 행동!"

"아악, 싫어어어어!"

겨울 코트를 입은 리샤에게 질질 끌려가면서 미스미스 대장은 눈보라 속으로 사라져갔다.

그런 단말마의 비명을 들으면서.

"아~ 다행이다. 네네는 기지에서 대기하면 된대."

"……나 참. 가자, 이스카. 이런 것은 빨리 끝내버리는 것이 최고야."

"……응, 맞아."

이스카는 진과 함께 눈 속을 달리기 시작했다.

달린다고는 해도, 실제로는 눈을 헤치고 나아가는 것이 고작이었다. 걸어가는 것이나 다름없는 속도인데다가 체력 소모도 심했다.

"이 짓을 하룻밤 내내 한다고? 상당한 중노동인데⋯⋯."

"말하지 마. 체력이 소모된다."

묵묵히 눈을 헤치고.

이스카와 진이 도착한 곳은, 제도에서 가장 높은 고층 아파트였다.

리샤 왈「가장 중요한 지점」.

수백 세대나 되는 가족들이 살고 있으므로, 여기서 우편함에 편지를 집어넣기만 해도 수천 통이나 되는 양을 배달할 수 있다.

──아파트 입구.

도착하자마자 이스카와 진은 배낭에서 편지를 꺼냈다.

눈앞에는 수백 개나 되는 우편함들이 있었다.

"이스카, 나는 1층 1001호부터 편지를 넣을게. 너는 최상층부터 넣어."

"알았어."

배달 개시.

이름과 호수를 확인하고 차례차례 편지를 우편함에 집어넣었다.

『오? 이스캇치와 진진은 목적지에 도착했구나? 리샤 팀의 현재 개수는 「798개」. 좋은 속도야.』

리샤의 원격 통화.

그러나 이스카로서는 그 말에 대꾸할 시간도 아까웠다. 이것은 집중력 싸움이었다. 왜냐하면 거대 아파트이기 때문에 이름이 비

숫비슷한 가족도 많았던 것이다.

"이스카, 조심해. 이런 아파트에서는 엉뚱한 우편함에 편지를 넣는 경우도 많다고 하니까."

진의 중얼거림.

아마도 둘 다 똑같은 생각을 했나 보다.

"내 사전 조사에 의하면, 미셸은 908호실이다."

"알았어."

"미셸은 미셸인데, 미셸 하이프 크리스토프는 906호실이다. 내가 맨 처음 말한 것은 미셸 하이프 마리안느이니까. 조심해."

"뭐? 잠깐만, 다시 한번……."

"미셸 하이프 크리스토프는 906호실이고, 미셸 하이프 마리안느는 908호실이다."

"……아, 알았어. 대충은……."

"아니, 잘못됐군. 맨 처음 미셸은 905호실이고 두 번째 미셸은 909호실. 그리고 이 녀석은 미셸이 아니라 므셸이다."

"엄청 헷갈리네?!"

그 순간.

이스카의 청각이 미약한 인기척을 감지했다.

"윽, 누구냐?!"

『타깃은 역시 이 고층 아파트인가.』

아무것도 없는 허공──.

그 공간이 흔들리더니, 광학 위장 슈트로 온몸을 감싼 남자가 나타났다.

"……네임리스."

『이 지점을 제압함으로써 배달 개수를 단번에 올린다. 효율을 중시하는 것은 리샤다운 작전이긴 하다만.』

네임리스가 비웃는 것처럼 양팔을 벌렸다.

『한발 늦었어. 이미 Ⅵ사는 이 아파트를 제외한 모든 곳의 제압(배달)을 완료했다. 여기 한 곳만 차지해봤자 아무 소용도 없어.』

"뭐라고?!"

아무리 생각해도 그건 너무 빨랐다.

이런 단기간 내에 제도의 모든 아파트에 편지를 배달하려면, 수만 명 규모의 병사들이 필요할 것이다.

그러나 Ⅵ사는 소수 정예로 알려져 있었다.

"……도대체 무슨 수로? 아파트는 효율은 높지만, 배달 실수에 유의하면서 작업하려면 아무래도 시간이 걸릴 텐데."

『오배송 따위는 중요하지 않다.』

"뭐?"

Ⅵ사를 이끄는 남자의 대답은 이스카의 상상을 뛰어넘는 것이었다.

『호실 번호를 하나쯤 틀리는 것은 허용 오차 범위에 속한다.』

"그게 말이 돼?!"

『너는 모르나 보군. 이 임무의 목적을.』

네임리스는 코웃음을 쳤다.

"우리의 사명은 연하장을 전달하는 것. 그 정확도는 문제 되지 않는다. 고로 가차 없이 우편함에 집어넣기만 하면 된다."

"순 억지잖아?!"

『리샤에게 전해. 이미 승패는 결정 났다고.』

그러더니.

네임리스는 떠나가려고 했는데, 그때 그의 손안에서 통신기가 깜빡거렸다.

『……뭐지?』

『긴급 사태입니다.』

『긴급 사태인지 아닌지는 내가 정한다. 말해봐.』

『사령부의 경고가 들어왔습니다. 우리 부대는 조금 전에 인근의 모든 아파트에 편지를 배달했습니다. 그러나 본인 확인을 대충하며 우편함에 집어넣었기 때문에 예상보다 더 많은 수의 오배송이 발생했습니다. 주민들의 클레임이 제국군에 쇄도하고 있습니다.』

『………….』

『그래서 검토한 결과, 오배송된 것은 계산에 포함하지 않기로 했답니다.』

배달 개수 미터기가 순식간에 급강하.

무려 9만에서 6만까지 내려갔다.

『쳇.』

이쯤 되니 네임리스도 혀를 찰 수밖에 없었다.

『신경 쓰지 마. 현재의 작전을 계속 수행──.』

"아하하! 목소리를 들어 보니까 너 많이 불쾌한 것 같다?!"

싹! 하고 눈 위를 미끄러지는 소리.

놀랍게도 메이는 스노보드를 탄 채 그대로 아파트 입구로 들어왔다.

"네임리스야, 마무리 단계에서 실수했구나?"

『아니, 문제없다.』

"허세 부리지 마. 뭐, 어쨌든 이것으로 승부는 났네? 우리 Ⅴ사는 제도의 주택가 제압을 완료했다. Ⅵ사가 실수해준 덕분에 배달 개수 차이가 크게 벌어졌으니까. 이대로 새벽 5시까지 쭉 선두를 유지하면 승리는………… 어?"

메이가 고개를 갸웃거렸다.

쥐고 있던 통신기가, 좀 전의 네임리스의 통신기처럼 점멸하고 있었기 때문이다.

"나 참, 뭐야? 이 바쁜 시기에. ……아~ 여보세요. 대장아?"

『긴급 사태입니다.』

"긴급 사태인지 아닌지는 내가 정한다."

어라?

묘한 기시감을 느낀 이스카와 진이 서로 얼굴을 마주 봤다. 그리고 그 안쪽에서는 네임리스도 뭔가를 감지한 것처럼 메이를 바라보고 있었다.

"그래, 대장아. 뭔데?"

『……제도 2번가를 북상하던 우리 부대가 일제히 검거되었습니다.』

"뭐라고?!"

『교차로에 있는 교통정리원에게 잡혔습니다.』

"아니아니. 잠깐만. 중요한 것은 그게 아니잖아?! 제국 병사인 우리가 어째서 교통정리원 같은 놈한테 잡혀야 하는 건데. 이유가 뭐야?!"

『속도위반입니다.』

"……?"

메이가 눈을 깜빡거렸다.

"대장아. 다시 한번 말해봐."

『속도위반입니다. 우리는 스키와 스노보드를 이용해 교차로를 활주했는데……. 그 장소가 문제였습니다. 제도의 공공도로는 시속 60km 이상으로 달리면 안 된다는 제한이 있어서…….』

"아차!"

메이가 눈을 크게 떴다.

그렇다. 메이가 이끄는 Ⅴ사의 주전장은 대륙의 변경이다. 그 광대한 설원에서는 스키의 속도 제한 따위는 없다.

그러나 이곳은 제도의 공공도로. 신호는 준수해야 하고, 속도 규제도 있다.

메이는 그 점을 깜빡했던 것이다.

"이, 이봐, 대장아…… 그렇다면……."

『전멸입니다.』

통신기에서 들려온 것은 대장의 심각한 한마디였다.

『실은 저도 제도 경찰서의 취조실 안에 있습니다.』

"대장아, 너도 잡힌 거야?!"

놀랍게도 Ⅴ사 팀의 부하는 전멸해버렸다.

그러나 메이는 여전히 호전적인 눈빛을 유지하고 있었다.

"아냐…… 그래도 결과는 달라지지 않아! 네임리스의 부대는 배달 개수가 줄어들었잖아? 하지만 우리 Ⅴ사는, 부하는 줄었어도 배달 개수는 줄어들지 않았어!"

네임리스 팀의 배달 개수는 6만에서 1만 늘어서 7만이 되었고.

메이 팀의 배달 개수는 9만.

"그리고 지금은 4시 15분이다. 앞으로 한 시간도 안 남았으니까, 그 안에 따라잡는다는 것은 불가능해."

도발적인 승리 선언.

이에 대답한 것은, 이스카의 통신기에서 울려 퍼진 리샤의 음성이었다.

『──후후. 메이 씨, 생각이 너무 안일한데요?』

"뭐?!"

『우리 팀의 배달 개수, 체크를 게을리하고 있나 봐요?』

"……뭐라고?!"

배달 개수 미터기를 힐끗 보더니 메이는 어금니를 꽉 깨물었다.

배달 개수, 무려 8만 9천.

메이의 Ⅴ사 팀과 거의 비슷한 수준으로 올라왔다.

그걸 본 이스카와 진도 깜짝 놀랐다. 자기들이 이 고층 아파트에서 우편함에 집어넣은 것도 포함됐을 테지만, 그것만 가지고는 이런 수치가 나올 리 없었다.

"리샤 씨? 이거 어떻게 한 거예요?!"

『후후. 좋아, 그럼 이스캇치에게는 가르쳐줄까? 방금 사령부 병기 개발부에서 개발 중인 드론을 1,000대 정도 빌려왔거든. 악천후에도 비행할 수 있는 물건.』

"……그렇다는 것은?"

『이 눈보라 속에서 민가의 현관 앞에다 편지를 떨어뜨린 거야. 하늘에서.』

"비겁한 거 아녜요?!"

『참고로 조종하고 있는 사람은 네네땅이야. 아~ 진짜, 이런 경우를 상정해서 네네땅을 기지에 남겨놓기를 잘했어~.』

"그럼 처음부터 그걸 쓰지 그랬어요?!"

『아, 방금 빌려왔거든.』

전혀 미안해하는 기색이 없는 리샤의 말투.

그때 통신기 너머에서 눈을 밟고 나아가는 발소리가 들려왔다.

"어, 리샤 씨? 혹시 뛰는 중이에요?"

『응, 맞아. 미스미스와 함께!』

리샤가 즐겁게 웃는 소리를 내면서 말했다.

『이스캇치, 진진. 너희도 참 잘했어. 뒷일은 나와 미스미스에게 맡겨. 이미 대승리를 위한 퍼즐 조각은 다 갖춰졌어!』

"네? 어딘가로 배달을 가는 중인가요?"

『응~. 마지막 배달 장소로 딱 알맞은 곳. 그것은——.』

그 직후.

옆에서 듣고 있던 네임리스와 메이가 헉! 하면서 경악했다.

『설마, 리샤…….』

"리샤야, 네가 노리는 것은——."

사도성 두 사람은 눈치챈 것이었다.

이 제도에서 가장 많은 연하장이 집중되는 곳. 그것은 이 고층 아파트가 아니었다.

진짜로 가장 중요한 지점은————.

━━━━━━━━

"아~하하하! 아, 정말 완벽해. 내 작전은!"

제도의 큰길에서.

한없이 고요한 눈 덮인 빌딩가에 리샤의 웃음소리가 높이 울려 퍼졌다.

"리샤야, 목소리가 너무 커!"

"괜찮아, 미스미스. 이미 승리는 확정됐어. 체크 메이트라고. 사실 뒷일은 초등학생에게 맡겨도 우리가 이길 정도야."

옆에서 달리는 미스미스의 등에는 편지로 꽉 찬 커다란 배낭이 있었다.

그리고 리샤도 같은 배낭을 메고 있었다.

"······하지만 이제는 시간이 없잖아?"

"지금은 새벽 4시 30분. 5분만 있으면 도착할 거야."

V사와의 배달 개수의 차이는 약 1,000통. 이 싸움이 새벽 5시까지이므로 남은 시간은 30분. 겨우 두 명이서 따라잡을 만한 숫자는 절대로 아니었지만.

"그게 있다니까. 단번에 역전할 방법이!"

그것이 리샤와 미스미스가 목표로 하는 편지 배달 장소였다.

이 제도의 가장 깊숙한 곳──.

"천수부가 있단 말이지!"

천제의 거처였다.

제국 국민 중에서 그 존재를 모르는 사람은 없었다.

좀 더 설명하자면, 바로 얼마 전에 리샤와 메이와 네임리스가 장렬한 예산 청구 싸움을 벌였던 회의장이기도 했다.

"제도의 주민들은 워낙 성실해서 해마다 꼬박꼬박 천제 폐하에게도 새해 축하 연하장을 보내거든. 그 수는 무려 몇만 통이나 된다고 해!"

"그렇구나! 그래서 리샤, 너는 나와 함께 개별 행동을······."

"응, 이해했지? 우리 배낭 속에 들어 있는 것은 그 천제 폐하에게 보내는 편지. 이것을 천수부 접수처에 가져가면──."

수천 통이라는 숫자가 가산되어 리샤 팀의 승리.

그야말로 최후의 대역전이 일어나는 것이다.

애초에——.

이스카와 진을 제도의 아파트로 보낸 것도, 네임리스나 메이의 주의를 그쪽으로 돌리기 위해서였다.

"이스캇치와 진진을 미끼로 삼고, 그 틈에 나와 미스미스가 천수부로 가서 단번에 숫자를 늘린다. 이런 미래가 훤히 보였어! 아아, 역시 나는 천재인가 봐. 마지막에 승부를 결정짓는 것은 머리야, 머리! 단순히 임무만 수행하는 Ⅴ사나 Ⅵ사와는 차원이 달라!"

"리샤야, 너 진짜 신났구나……."

"흐응~? 아, 그냥 그만큼 여유가 있는 거라고 생각해줘."

슬슬 거대한 건물이 보였다.

아직 해가 안 떴는데도 경비 조명으로 환하게 빛나는 천수부가 점점 눈앞에 다가왔다.

"제도의 주민들에게 조금씩 배달하는 것보다는 이게 훨씬 더 편하고 개수도 많아. 뭐, 뒷심이 부족한 그 두 사람에게는————."

"리샤야, 저기 봐!"

"응?"

미스미스가 가리킨 것은 자기들이 방금 뛰어왔던 큰길이었다.

빌딩들이 늘어서 있는 지평선. 거기서 확! 하고 눈발이 날리면서 두 개의 사람 그림자가 튀어나왔다.

"찾았다, 리샤!"

『책사가 제 꾀에 넘어갔구나. 아직은 거머쥐지도 못한 승리의 기쁨에 취하다니.』

"억?! 메이 씨! 네임리스!"

라이벌 두 팀의 지휘관.

그 두 사람이 불도저처럼 눈을 마구 튀기면서 맹렬한 속도로 쫓아오고 있었다.

사도성은 제국 최상위 전투원.

이 두 사람이 진심으로 나선다면 폭설 따위는 전혀 문제가 되지 않았다.

"큰일 났다, 들켰잖아?!"

"리샤야───, 그래서 내가 말했잖아, 너무 여유롭게 군다고!"

"미스미스, 뛰자!"

"이미 뛰고 있어!"

더 빠르게 뛰는 리샤와 미스미스.

그러나 상대는 제국 최고의 전사인 메이와 네임리스였다. 눈 깜짝할 사이에 거리가 좁혀졌다.

"리샤야, 더, 더는 안 돼. 따라잡힐 거야!"

"아냐, 미스미스. 포기하기에는 아직 일러."

"뭐?"

"어이쿠! 발이 미끄러졌네!"

리샤가 그 자리에서 구르면서.

마치 돌려차기를 하듯이 눈 덮인 공공 쓰레기통을 확 걷어찼다.

바닥에 나뒹구는 쓰레기통. 주위의 눈까지 끌어들이면서 거의 눈사태 같은 기세로 굴러갔는데, 그 목표물은───메이.

"으아아악?!"

메이가 황급히 피했다.

굴러떨어지는 쓰레기통을 반사적으로 피하긴 했지만, 발이 눈에 걸려 움직이지 못했다.

"야, 너──, 리샤?!"

"아하하! 발이 미끄러졌을 뿐인데요, 왜요?"

"아, 그래……? 그럼 이쪽도 똑같이 해주마!"

이번에는 메이가 쓰레기통을 반대로 걷어찼다.

목표물은 리샤가 아니라, 메이의 코앞에서 달리고 있던 네임리스였다.

『윽, 메이, 네 이놈!』

"내가 쓰레기통을 받아내는 사이에 너 혼자 뛰어가려고 했잖아! 너만 고고하게 살려고 해봤자 소용없어!"

서로 대립하는 사도성 두 사람.

그런데 그것이 바로 리샤의 목적이었다.

"자, 가자, 미스미스. 뒤에서 바보 두 명이 자기들끼리 싸우는 동안에!"

『……바보가 누구인데?』

네임리스의 조소.

『갈 수 있으면 가봐.』

"아, 아앗?! 리샤야, 저거 봐!"

미스미스가 걸음을 멈췄다.

그녀가 가리킨 허공에는, 천수부의 빛을 받아 반짝반짝 빛나는 실 같은 것이 있었다.

"저건 설마, 와이어인가?!"

『리샤, 네놈이 천수부를 노린다는 것은 예상했었다.』

네임리스의 선언.

『와이어에는 진동 탐지형 폭탄을 설치해놓았다. 아니, 「그 와이어 함정을 건드리면 폭발한다」라고 쉽게 설명해주는 게 더 좋을까?』

"으윽?!"

리샤도 걸음을 멈췄다.

반짝반짝 빛나는 와이어가 천수부의 문 앞에 여러 겹으로 설치되어 있었던 것이다.

"리, 리샤야, 이러면 천수부에 들어갈 수 없잖아?!"

"……응. 이건 오산이었어!"

리샤가 분하다는 듯이 입술을 깨물었다.

"설마 네임리스도 똑같은 함정을 설치해놓았을 줄이야……."

『뭣이?』

네임리스의 희미한 동요.

『리샤, 설마 네놈도…….』

"미스미스, 조심해!"

리샤가 그들의 앞길을 가로막는 와이어를 가리키면서 말했다.

"이 일대에는 나와 네임리스가 설치해놓은 폭탄 와이어가 사방에 널려 있어!"

"왜 그런 부분에서만 둘이 의기투합을 하는 거야?!"

"…………아니."

그때 메이가 불쑥 조그맣게 중얼거렸다.

"3인분이다."

"네?"

"응?"

『메이, 너 지금 뭐라고 했냐.』

"……아니, 그러니까. 나도 설치했다고. 와이어 폭탄."

메이는 뒷머리를 거칠게 긁적거리면서 왠지 멋쩍어하는 표정으로 말을 이었다.

"이상하다고 생각하긴 했어. 내가 설치한 와이어가 의외로 많네? 하고. 응, 그래. 3인분의 와이어라면 이 숫자도 이해가 가."

『_____.』

"_____."

다 함께 침묵하는 사도성 세 사람.

지금 보니 리샤, 네임리스, 메이는 셋 다 동시에 우연히 천수부에다 와이어 트랩을 설치해놓은 것 같았다.

"어라? 그런데 이거 위험한 거 아냐? 누군가가 와이어를 한 개라도 건드리면, 3인분의 와이어가 차례로 유폭해서 대폭발이 일어나는 거잖아? 미스미스, 조심————."

삑.

그러는 리샤의 눈앞에서.

"앗……."

미스미스의 구두 앞코가 와이어 한 개에 걸렸다.

눈 속에 묻혀 있던 와이어에.

"미스미스————!"

"이건 내 잘못이 아니잖아————?!"

삑, 삑, 삐빅.

연달아 울려 퍼지는 전자적 기동음. 그 직후. 사도성 세 사람이 설치한 와이어 폭탄이 잇따라 연쇄적으로 반응하여——.

3인분의 폭탄이 천수부 앞에서 대폭발을 일으켰다.

3

두 시간 후.

큰길 지평선에서 새해의 첫해가 떠오르는 시각——.

『……흐아암.』

천수부 중심부에서.

은색 수인(獸人)이 살짝 하품하려다가 참았다.

풍성한 온몸의 털은 여우와 비슷했는데, 얼굴은 마치 고양이와 인간 소녀를 합쳐놓은 것 같았고 신기하게도 애교 있는 외모였다.

이 인간이 아닌 괴물은 누구인가. 무엇을 숨기랴, 그는 제국을 통치하는 천제 융메룽겐이었다.

『제국 병사라는 것은 제국의 질서를 지키는 존재야. 그렇지?』

"……네."

『그 모범이 되어야 할 사도성이, 설마 천수부 앞에서 폭발 사건을 일으킬 줄이야.』

"……죄송합니다."

『처음에는 말이지, 시조가 눈을 떠서 찾아왔나? 하고 생각했어.』

"……네, 폐하에게는 크나큰 심려를 끼쳤습니다."

책상다리하고 앉아 있는 천제.

그 앞에는, 얼굴에 화상 자국이 남아 있는 리샤가 차렷 자세로 서 있었다.

혼나는 중이었다.

『설마 시조 대책으로 준비해뒀던 방화 셔터까지 기동시키게 될 줄은 몰랐어. 그 덕분에 피해도 최소한으로 줄일 수 있었지만.』

"……피해가 없다면, 굳이 몇 시간씩이나 설교할 필요도 없잖아요."

『응? 방금 무슨 말 했어?』

"아뇨, 아무 말도 안 했습니다앗!"

그 대폭발의 불을 끈 뒤.

천제한테 두 시간이나 설교를 들으면서 리샤는 새해를 맞이한 것이었다.

Secret

혹은
세계가 모르는 예언

the War ends the world /
raises the world
Secret File

미공개 단편

1

제도라고 불리는 장소.

100년 전 시조 네뷸리스의 반란으로 한번은 불바다로 변했지만, 불사조처럼 강철 도시로 다시 태어난 곳.

이것은 몇 년 전——.

제도의 변두리에 「둥지」라고 불리는 어느 양성 기관이 있었던 시절의 에피소드.

2

새벽 여섯 시.

제도에 우뚝 솟아 있는 빌딩들 사이로 아침 해가 천천히 떠오르기 시작할 무렵.

이스카는 동료의 이름을 계속 부르고 있었다.

"거쉬? 이봐, 거쉬. 오늘은 네가 아침밥 준비할 차례잖아. 빨리 준비하지 않으면 또 스승님한테 혼날 거야."

오래된 복도를 걸어갔다.

이곳에서 같이 먹고 자는 동료의 방까지 걸어가서 그 방의 문을 두드렸다.

"거쉬, 너 언제까지 잘 거야? 빨리 일어나서 아침밥을 만들지 않으면, 또 나랑 진까지 연대 책임인지 뭔지 하는 이유로 혼날 거야.

"……이봐. 문 연다?"

참다못해 문을 열었다.

"거쉬, 너 적당히………… 어, 거쉬……?"

텅 비어 있었다. 간소한 침대와 책상, 그리고 활짝 열려 있는 창문. 이스카가 방에서 복격한 것은 그게 전부였다.

어제까지 같이 살았던 동료의 모습은 보이지 않았다.

"…………."

"야반도주했군."

우두커니 서 있는 이스카의 등 뒤에서 들려오는 목소리.

복도 벽에 기대어 있던 은발 소년이 한숨 쉬듯이 중얼거렸다.

"저 열려 있는 창문으로 도망간 거겠지. 개인 물건도 안 남아 있으니까 99% 확정이야. 안 그래도 어젯밤에 옆방에서 유난히 부스럭부스럭 소리가 난다고 생각했는데."

"진, 어째서 그때 말리지 않은 거야?!"

"말려서 뭘 어쩌려고?"

"!"

진의 대답에 이스카는 말문이 막혔다.

냉혹하게 들릴지도 모르지만, 실제로는 그 반대였다. 도망친 동료를 나름대로 아끼기 때문에 진은 그를 붙잡지 않은 것이다.

그것은 이스카도 알았다. 실은.

"…………."

그래서 이스카는 쓴웃음을 지을 수밖에 없었다.

"이렇게 또 우리 방이 넓어졌구나."

"독점 상태야. 남아 있는 사람은 나와 너밖에 없으니까."

"또 스승님이 있잖아?"

"스승님은 채찍질하는 쪽이잖아. 채찍질을 당하는 쪽 말이야."

"……아, 하긴. 그렇지."

이 「둥지」는 그런 장소였다.

흑강의 검투사 크로스웰이라는 남자가 사도성 지위에서 물러나 후계자를 육성하기 위해 노력하고 있는 시설.

정해진 곳 없이──.

크로스웰이 제국 전체를 자유롭게 돌아다니다가, 이거 괜찮다 싶은 유망한 소년을 스카우트해왔다. 그 숫자는 무려 수백 명이었다.

새가 수백 개나 되는 나뭇가지를 모아 둥지를 만들듯이.

과거에 제국 최강이라고 칭송받던 검사는 제국 전체에서 재능 있는 젊은이들을 긁어모은 것이었다.

"아침밥 준비는 어쩔래? 내가 할까? 네가 할래?"

"…………."

잠시 생각해보고 나서.

이스카는 어깨를 으쓱했다.

"같이 할까?"

흑강의 검투사 크로스웰의 혹독한 교육에도 굴하지 않고 버텨낸 마지막 두 사람──.

그것이 진과 이스카였다.

"좋아, 그럼 내가 빵을 구울 테니까. 진, 너는……."

"안녕──?!"

명랑한 소녀의 목소리가 현관 쪽에서 들려왔다.

이어서 복도를 따라 뛰어오는 발소리도 들렸다.

"안녕~ 이스카 오빠, 진 오빠!"

이쪽으로 다가온 사람은 아직 12~13세밖에 안 되는 어린 소녀였다.

천진난만한 눈빛, 긴 빨간 머리카락을 하나로 묶은 헤어스타일. 그 모습이 쾌활한 분위기와 잘 어울렸다.

"안녕? 네네. 오늘은 웬일이야?"

"에헤헤~. 좋은 것을 가져왔어."

네네가 들고 온 것은 어린 소녀에게는 너무 커 보이는 여행용 캐리어였다.

"이스카 오빠가 얼마 전에 말했잖아? 여기 TV가 고장 나서 불편하다고."

"아, 맞아. 스승님이 고치려고 했는데, 오히려……."

"네네가 TV를 조립해 왔어."

"조립했다고?!"

"응. 고물 가게에서 싸게 파는 기계 부품이 있었거든."

네네가 캐리어를 열었다.

그 안에는 양팔로 끌어안을 만한 크기의 소형 모니터가 들어 있었다.

"이것을…… 네네가 만들었다고?"

"전 세계 시청 가능한 TV. 아무리 미약한 전파라도 수신할 수 있으니까, 황청의 방송도 볼 수 있어."

"그런 기술도 있어?!"

그렇게 이스카가 소리를 지르고 있는데.

끼익하고 바닥이 삐걱거리는 소리가 났다.

"진."

"응? 아, 스승님."

상대가 속삭이듯이 작은 목소리로 부르자, 진은 그쪽을 돌아봤다.

그곳에는 온통 새까만 남자가 있었다.

흑강의 검투사 크로스웰 네스 리뷔게이트. 군살이라곤 하나도 없는 늘씬한 체형과 검은 머리카락. 그리고 실내임에도 불구하고 롱코트를 걸친 화려한 모습이었다.

그 남자가──.

"할 말이 있다. 내 방으로 와."

"……?"

이스카와 네네에게 들리지 않을 정도로 작은 목소리로 속삭였으므로.

진은 마지못해 그런 스승의 뒤를 쫓아갔다.

불려간 방 안에서.

흑강의 검투사 크로스웰은 아침 해를 등지고 서 있었다.

"너와 이스카밖에 없어. 끝까지 포기하지 않고 남은 것은."

평소보다 더 힘이 실린 음성으로.

한때 제국 최강이었던 남자는 진을 향해 그렇게 말했다.

"제도의 대장간에서 발견된 너와, 안쪽 공원 구석에서 나뭇가지를 휘두르면서 놀고 있던 이스카. 세상일은 참 알 수가 없어. 제일 성공할 가망이 있어 보였던 너와, 제일 가망이 없어 보였던 이스카가 남다니."

"가망? 그럼 그 녀석도 나쁘진 않을 것 같은데."

"그 녀석이라니?"

"네네 말이야."

저 안쪽 복도에서 떠드는 소리가 들려왔다.

이 「둥지」에 출입하는 외부인은 적은데, 네네는 특별한 예외였다.

"나와 이스카의 달리기를 따라올 정도로 운동신경도 발군이고. 어디서 배웠는지 기계 공학 지식도 엄청나. 야반도주한 거쉬 대신에 네네를 제자로 채용할 생각은 없어?"

"아니, 안 돼."

"왜?"

"여자에 관해서는 좋은 기억이 없거든. 나는 예전에 한 번, 진심으로 화가 난 누나에게 살해될 뻔한 적이 있어."

"……스승님에게 누나가 있다고?"

처음 듣는 가족 이야기였다.

이 스승님이 자신의 과거를 이야기한다는 것은 1년에 한 번 있을까 말까 한 일이었다.

"뭐, 그냥 오래된 옛날이야기야. 그건 그렇고. 가끔은 진지하게 대답해주마. 네네는 우수해. 내가 봐도 어디 하나 흠잡을 데가 없어."

"그럼 역시 네네를 제자로 삼지 않는 이유는, 그 녀석이 여자이기 때문인가?"

"머리가 너무 좋아서 그래."

보기 드물게도.

아마 이 제국에서 최고로 무뚝뚝한 사람일 이 스승님이, 보기 드물게도 쓴웃음을 지으면서 말했다.

"내가 후계자에게 맡기려고 하는 일은, 머리가 나쁜 녀석만 실현할 수 있는 거거든. 머리가 좋은 인간은 본능적으로『가능하다』『불가능하다』하고 판단을 하잖아? 그래서 네네는 못하는 거야."

"그럼 나도 마찬가지 아냐?"

"맞아."

"————."

스승의 말은 무자비했다.

이 시설에서 지금까지 쭉 훈련을 받아왔는데, 이렇게 막판에 와서 「가망 없음」이라는 낙인이 찍혀버린 것이다.

"스승님. 그럼 왜 당신은 지금도 나를 여기 놔두고 있는 거야? 가망이 없다면 당장 내쫓으면 되잖아?"

"네가 필요하기 때문이다."

"?"

"나의 성검은 이스카에게 맡길 것이다. 너는 그런 이스카의 뒤에 있어 다오."

"뒤?"

스승의 말에 진은 반사적으로 고개를 갸웃거렸다.

그게 무슨 뜻일까. 흔한 표현이라면 「옆에 있어줘」, 「곁에서 지켜봐줘」라는 상투적인 말이 얼마든지 있을 텐데.

"그게 무슨 뜻이야?"

"그 멍청이가 폭주하지 않도록 계속 지켜봐 달라는 뜻이다."

크로스웰이 문득 탄식했다.

"그 멍청이는…… 이스카는, 좋은 의미로든 나쁜 의미로든 브레이크가 없는 녀석이야. 누군가가 감시해주지 않으면, 그 녀석은 언젠가 제국군한테 시비를 걸다가 감옥으로 끌려갈 거다."

"말이 너무 심한 거 아냐?"

"그것을 막는 것이 네 역할이다. **그래서 너는 저격수인 거야.** 부대의 맨 뒤에서 이스카를 계속 지켜봐줘."

"_____."

"아, 그래. 그 부대에는 네네가 있어도 괜찮을지도 몰라."

새까만 남자가 뒤를 돌아봤다.

등을 환하게 비춰주던 새벽의 태양을 눈부신 것처럼 바라보면서.

"이스카는 적당히 날뛰게 내버려 둬. 그것을 뒤에서 너와 네네가 받쳐주는 거지. 그 균형은 나쁘지 않아. 이제 남은 것은……."

"남은 것은?"

"너희들을 통솔해줄『어른(보스)』이 필요하겠군. 너희들 셋은 몇 년 후에도 아직 새파란 애송이일 테니까."

휴 하고.

제국 최강의 검사가 천천히 숨을 내쉬었다.

"무슨 이야기인지 이해했나?"

"성검은 이스카에게 맡긴다. 그런데 이스카는 그냥 내버려 두면 폭주하니까 내가 지켜본다. 또 거기에 네네가 참가해도 좋다. 단, 셋만 있으면 안 되니까 어른인 보스가 필요하다."

"완벽해."

더없이 담백한 스승님의 칭찬이었다.

"네 똑똑함은 이스카에게는 없는 것이다. 소중히 간직해라."

"……알았어."

그런 말을 남기고 진은 스승님의 방을 떠났다.

"……제국군 부대란 말이지."

나. 이스카. 네네.

나머지 한 사람은 대장이 될 만한 어른(보스).

"……설마 스승님은. 그 보스를 찾는 역할까지 나에게 맡기려고 나를 부른 건가?"

복도를 걸으면서 진은 혼잣말을 중얼거렸다.

3

그리고 현재.

"──아, 그래요. 그게 그 스승님이라는 거군요."

"결론부터 말하자면 그 보스라는 어른은 못 찾았어. 그저 어린애 같은 외모와 어린애 같은 머리를 가진 여대장만 찾았을 뿐이지."

제도의 공원.

벤치에 앉아 있는 진과 시스벨, 그 두 사람에게──.

"저기, 진 군────?!"

미스미스 대장이 맹렬한 기세로 다가왔다.

딱 봐도 동안이고 몸집이 작았다. 스승님이 말했던 「어른(보스)」와는 완전히 거리가 먼 여대장이었는데.

"지금부터 린 씨를 구하러 갈 거거든? 천제를 만나게 된단 말이야…… 그런데 이 중요한 시기에, 도대체 무슨 이야기를 하는 거야?!"

"나와 이스카의 스승님에 관한 이야기이다. 어쩔 수 없잖아? 이 녀석이 스승님 이야기를 들려 달라고 자꾸 졸라댔으니까."

"그래서 나에 관한 험담을 했지?!"

"칭찬이었다."

퉁명스럽게 그렇게 대꾸하더니 진은 공원 벤치에서 일어났다.

공원과 연결된 큰길.

그곳에 있는 사람은, 자기들을 기다리고 있는 네네와 사도성 리샤.

그리고——.

"스승님의 예언. 놀랄 만큼 완벽하게 적중했군. 『언젠가 제국군 한테 시비를 걸다가 감옥으로 끌려간다』고 했던가. 설마 그런 사건을 일으킬 줄이야."

"응? 어, 뭔데?"

어리둥절하여 이쪽을 돌아보는 이스카.

마녀 탈옥 사건.

1년 전, 이 『머리 나쁜 후계자』는 누구에게도 알리지 않고 그 계획을 실행시켰다가 결국 국가 반역죄로 투옥됐다. 정확히 스승님이 예언했던 대로.

"이스카."

"응, 왜?"

이쪽을 돌아보는 이스카에게 말을 걸었다.

"우리는 지금부터 천제를 알현하러 간다. 거기에 린도 붙잡혀 있을 텐데."

"……응."

"날뛸 때는, 꼭 내가 지켜보는 곳에서 해."

"왜 내가 날뛴다고 미리 정해놓는 거야?!"

"그냥 말해본 거야. 그렇게 말해두지 않으면 너는 금방 무모한 짓을 해버리니까."

담담하게 그렇게 고한 뒤.

진은 큰길의 저 끝에서 빛을 받아 빛나고 있는 천수부를 우러러봤다.

후기

『너와 나의 최후의 전장, 혹은 세계가 시작되는 성전』(너와 나의 전장) 단편집 2권을 읽어주셔서 감사합니다!

단편집 2권은 어떠셨나요?

격월지 드래곤 매거진에서 연재하고 있는 『너와 나의 전장』 단편들을 한데 모아놓은 이 특별편, 기쁘게도 단편집 2권도 나오게 되었습니다!

어떤 단편을 수록할지, 이번에도 진심으로 고민하면서 골랐습니다……. (웃음)

네, 그럼 당장 단편 소개를 해볼게요. 이것이 핵심이죠.

이번에도 이스카의 일상과 앨리스의 왕궁 생활 등, 「Secret File」의 각 에피소드에 담아낸 이야기들을 조금만 소개해보겠습니다.

◇File.01 『너와 나의 최후의 전장, 혹은 불꽃의 예술가』 2018년 9월 호.

인간 국보 다이반 선생님, 첫 등장 에피소드.

단편집에 등장하는 개성파 중에서도 특히 이색적인 캐릭터일지도 모릅니다.

예술계를 대표하는 인물로서 칭송받는 「살아 있는 전설」. 예술을 사랑하는 이스카와 앨리스는 물론이고 세계적으로도 열광적인 팬이 있는 대예술가……일 뿐만 아니라…….

사실 이 다이반 선생님은 본편과도 깊이 연관된 인물입니다.

이 단편이 세재됐을 때는 아직 장편에서도 천제 용메룽겐의 모습은 베일에 싸여 있었는데요. 걸작 No.9 『천제』 = 복슬복슬한 털을 가진 동물 조각상이라는 것만 봐도 알 수 있듯이, 실은 장편보다 더 빨리 천제의 정체가 여기서 등장했었습니다.

그리고 그랜드 오페라 『너와 나의 최후의 투쟁, 혹은 세계가 사랑한 소나타』.

다이반이 30년 전에 어떤 청년에게서 작곡 의뢰를 받은 것인데…… 장편에서 「30년 전」이라는 숫자를 보고 아! 하고 깨달음을 얻는 분도 있을지도 모릅니다.

네. 이 곡은——.

30년 전 감옥에 들어가기 직전이었던 어느 마인이, 「누군가」에게 전할 수 없는 마음을 표현하기 위해서 그 당시의 다이반에게 작곡을 의뢰했던 것입니다.

(괜찮으시다면 장편 6권 p.218을 한번 봐주세요!)

이 미완의 그랜드 오페라가 『완성』되려면 조금 더 기다려야 할 테지만…….

그 이야기는 또 다른 기회에…….

◇File.02『너와 나의 최후의 전장, 혹은 시련의 배신 계획』 2019년 3월 호.

피리에 대장의 복수(?) 에피소드.

다이반 선생님과 마찬가지로 이 피리란 아가씨도 단편에만 나오는 특별 캐릭터입니다.

이것이 제국군의 일상……이라고 하면 여러분이 제국군을 심하게 오해하실 것 같은데요. 피리에 대장도 실은 매우 우수한 군인입니다.

단지 상대가 미스미스일 때에는 갑자기 상식적인 판단력이 급감하는 거예요…….

◇File.03『너와 나의 최후의 전장, 혹은 파란의 가장 대회』 2019년 1월 호.

다이반 선생님, 충격적인 재등장 에피소드.

이스카와 앨리스가 엇갈리고, 린이 활약을 하고, 미스미스 대장과 네네는 신나게 놀고. 여러 단편 중에서도 개인적으로 좋아하는 에피소드입니다.

이번에는 다이반 선생님이 놀랍게도 루 가문의 장녀 일리티아하고도 면식이 있다는 사실이 발각됐습니다.

단편집과 장편의 접점이(다이반 선생님뿐만 아니라) 이번에도 여기저기 숨겨져 있습니다. 괜찮으시다면 한번 찾아봐주세요!

◇File.04『너와 나의 최후의 전장, 혹은 절대 무적의 언니』 2020년 7월 호.

경축, 『너와 나의 전장』 드래곤 매거진 첫 표지!

판타지아 문고에서 글을 계속 써온 사자네의 첫 번째 드래곤 매거진 표지였습니다.

저에게는 소중한 기념호이니까요. 특별한 단편을 써보고 싶었습니다.

그래서 장편 6권 이후 처음으로 왕녀 세 자매에게 초점을 맞춰봤습니다.

일리티아가 「최강 언니」인 이유를 잘 보여주는 이야기인데요. 앨리스와 시스벨이 손을 잡는 것도 신기한 일이네요. (웃음)

◇File.XX『천제 직속, 최상위 전투원』(미공개 단편)

상당히 볼륨이 커져버린 사도성 관련 새 에피소드입니다.

리샤는 물론이고 네임리스와 메이도 참전.

네임리스는 애니메이션에서도 등장했는데요. 참고로 앨리스와의 전투가 일본뿐만 아니라 해외에서도 대호평을 받았습니다!

이번에는 그 애니메이션 판의 활약에 맞춰 네임리스가 참전했습니다.

메이는 애니메이션에는 등장하지 않았지만, 장편 7권에서 가시의 마녀 키싱과 격돌한 장면을 기억해주시는 분도 있지 않을까요.

그런 사도성이 인정사정 봐주지 않고 삼파전을 벌인다. 그것이 이번 콘셉트였습니다.

◇Secret『혹은 세계가 모르는 예언』(미공개 단편)
이「Secret File」을 마무리하는 에피소드입니다.
스승인 크로스웰과 이스카가 얽히는 장면은 지금까지 다소 보여드렸는데요. 이번에는 스승님과 진에 관하여.
진이라는 청년이 자신에게 부여한「역할」이 무엇인지 밝혀지는 이야기입니다.
더 나아가 네네와, 그 세 사람을 하나로 묶어주는 어른인 보스(대장). 그렇게 부대가 결성되는 비화를 보여드렸는데, 재미있게 읽어주셨으면 좋겠습니다.
참고로——.
이 에필로그가 단편집에서 시간상으로 가장「최신」입니다.
시간 축으로 따진다면 장편 10권과 장편 11권의 중간이므로, 이 에피소드가 과연 앞으로 장편과 어떻게 연결될지.
부디 즐겁게 기대해주세요!

▶TV 애니메이션『너와 나의 전장』, 방영 중!
단편집 2권이 발매될 무렵에는 애니메이션도 드디어 클라이맥스에 다다랐을 텐데요.
그동안 어떻게 보셨나요? 저도 매번 두근거리는 마음으로 애니메이션을 시청하고 있는데, 다행히 일본에서도 해외에서도 많은 분이 즐겁게 시청해주고 계신 것 같습니다.

방영 기간인 석 달이 정말로 눈 깜짝할 사이에 흘러가서……!

네, 아무튼.

애니메이션 이야기가 나왔으니 말인데요. 『너와 나의 전장』 BD/DVD가 곧 발매됩니다.

BD/DVD 1편 : 2021년 1월 27일(1~4화 수록).

BD/DVD 2편 : 2021년 2월 24일(5~8화 수록).

BD/DVD 3편 : 2021년 3월 24일(9~12화 수록).

구매 특전도 아주 많고 화려합니다만, 여기서는 제가 직접 준비한 미공개 단편소설에 관해 말씀드리겠습니다.

▶애니메이션 특전 소설

혹시 아시는 분도 있을지도 모르지만…….

저에게는 이 『너와 나의 전장』이 애니메이션으로 제작된 첫 번째 작품입니다. 각본 회의부터 애프터 리코딩(음성 녹음), 그 후 애니메이션 방영까지…… 모든 것이 좋은 추억이 되었는데요. 이 『너와 나의 전장』이라는 이야기가 이렇게 애니메이션으로서 BD나 DVD에 수록된다는 것이 마치 꿈만 같습니다. 정말 행복해요.

그래서──.

이 애니메이션을 좋아해서 BD/DVD를 구매하여 소장해주시는 분들을 위해, 저도 가능한 한 최고의 새 단편을 기념으로 제공

해드리고 싶었습니다.

그렇다면 그게 뭘까? 하고 생각해봤는데요.

이스카&앨리스의 이야기는 장편이나 단편에서 쭉 그려냈으니까, 이번에는 이『너와 나의 전장』이라는 세계에서 살아가는 이면의 주인공, 여주인공들의 이야기를 선택해봤습니다.

애니메이션 BD/DVD에서만 묘사되는──.

과거에 주인공, 과거에 여주인공이었던 사람들의 이야기입니다.

▶애니메이션 BD/DVD 기념, 특전 소설.

・BD/DVD 1편 : 금장(禁章)「시조」.

애니메이션 3화에서 이스카&앨리스와 시조 네뷸리스의 격투가 벌어졌습니다.

이 새로운 단편은 그때 그 싸움을「**시조 시점에서**」묘사한 이야기입니다.

이스카와 앨리스의 입장에서는「린과 중립도시를 무차별적으로 공격한 악당」이라는 것이 시조의 이미지일 것입니다.

그럼 시조 네뷸리스 본인은?

그때 시조는 무슨 생각을 하면서 이스카&앨리스와 싸웠던 걸까.

이스카나 앨리스와 싸우면서도 실은 시조의 마음은 전혀 다른 곳에 가 있었다. 그런 최종 보스의 시점이 밝혀지는 이야기입니다.

애니메이션과 소설 1권에서는 묘사되지 않았던, 시조의 마음속 깊은 곳에 있는 소원──.

손에 넣으신다면 꼭 한번 읽어 봐주세요.

· BD/DVD 2편 : 금장「마인」.

이쪽은 샐린저 편입니다.

원작을 읽어보신 분은 아시겠지만요. 이 마인은「과거의 주인공」이라고 할 만한 입장이었지만 어떤 음모에 의해 전락해버린 인물입니다.

그 샐린저가 애니메이션과 원작 3권에서 이스카나 린과 대립했을 때 무슨 생각을 했는가.

그랜드 오페라『너와 나의 최후의 투쟁, 혹은 세계가 사랑한 소나타』와도 이어져 있는 그의 이야기. 이쪽도 최선을 다해 집필했습니다.

· BD/DVD 3편 : 금장「성령/흑강」.

애니메이션 마지막 화가 아직 방영되지 않았으므로 이번에는 제목만 공개하겠습니다. 혹시 제목만 봐도 내용을 짐작하는 분이 계실까요?

자세한 내용은 다음에 저의 Twitter 등을 통해서 알려드리도록 하겠습니다!

네, 그러면…….

소설도 애니메이션도 이제는 슬슬 클라이맥스에 접어들고 있는『너와 나의 전장』. 여기서 가볍게 미래에 관한 이야기를 해보고 싶습니다.

이『너와 나의 전장』을 계속 집필함과 동시에 새롭게 준비해온 이야기가 있거든요.

그 최신 소설을 소개하겠습니다!

이것은——.

인간과 신들의 두뇌 싸움.

지고의 신들이 만들어낸 궁극의 난제「신들의 놀이」. 인류 역사
상 완전 공략자는 아직 한 명도 없음. 전지전능한 신들과의 게임
대결, 개막.

▶MF 문고 J『신은 게임에 굶주렸다.』, 1월 25일(月), 간행.

인류의 승리 조건은「신들과 게임을 해서 10승을 하는 것」.
이것은 그 신들에게 도전하는 소년의 이야기——.

실은 『너와 나의 전장』 애니메이션 12화에서 당장 광고 방송을 할 예정입니다.

광고를 해주시는 분은 아마미야 소라 님이십니다!

네! 놀랍게도 『너와 나의 전장』에서 앨리스 역할을 맡으신 아마미야 님이 이 최신작에서도 광고 성우가 되어주셨습니다. 여러분, 꼭 봐주세요!

이리하여——.

『너와 나의 전장』과 더불어 또 새로운 이야기를 보여드릴 수 있게 되었습니다.

여러분이 재미있게 감상하실 수 있도록, 저도 최선을 다해 노력하겠습니다. 부디 다음 달에 서점에서 그 책을 봐주셨으면 좋겠습니다!

눈 깜짝할 사이에 후기도 종반에 접어들었네요.

(애니메이션 관계자 여러분에 대한 인사는 모든 것이 끝난 다음에 하기로 하고…….)

우선 최상의 표지를 그려주신 네코나베 아오 선생님! 감사합니다. 시스벨의 사복 차림이 너무너무 귀여워요!

그리고 담당자 O님, S님.

소설 원작과 애니메이션 때문에 정신없이 바쁘실 텐데요. 늘 정말로 감사합니다.

현재 방영 중인 애니메이션도 이제 곧 클라이맥스인데, 여기까지 제가 쭉 달려올 수 있었던 것도 틀림없이 두 분 덕분일 것입니다.

앞으로 조금만 더 도와주시길 바랍니다!

다음 편인 『너와 나의 전장』 11권.

검사 이스카와 마녀 공주 앨리스의 이야기──.

또 동시에 묘사되는 네뷸리스 남매의 이야기.

등불의 성령이 비춰주는 「과거의 주인공, 과거의 여주인공」들의 이야기를 주목해주시기를 바랍니다.

자, 그럼 내년──.

1월 25일 무렵에 나오는 MF 문고 J 『신은 게임에 굶주렸다.』.

봄에 나오는 『너와 나의 전장』 11권.

그리고 애니메이션 마지막 회에서 다시 만나기를 바랍니다.

겨울이지만 따뜻한 어느 날, 사자네 케이

너와 나의 최후의 전장, 혹은 세계가 시작되는 성전 Secret File 2

2022년 9월 15일 1판 1쇄 발행

저　　　자	사자네 케이
일 러 스 트	네코나베 아오
옮 긴 이	한수진
발 행 인	유재옥
본 부 장	조병권
편 집 1팀	김준균 김혜연 박소연
편 집 2팀	박치우 정영길 정지원 조찬희
편 집 3팀	곽혜민 오준영 이해빈
라 이 츠	맹미영 이윤서 이승희
디 지 털	김지연 박상섭
미　　　술	김보라 박민솔
인쇄제작처	코리아피앤피
발 행 처	㈜소미미디어
등　　　록	제2015-000008호
주　　　소	서울시 마포구 토정로222, 403호 (신수동, 한국출판콘텐츠센터)
판　　　매	㈜소미미디어
마 케 팅	박종욱
영　　　업	최원석 최정연 한민지
물　　　류	백철기 허석용
전　　　화	(02)567-3388, Fax (02)322-7665

ISBN 979-11-384-3391-4 04830
ISBN 979-11-6190-511-2 (세트)